将棋ボーイズ

小山田桐子

幻冬舎文庫

将棋ボーイズ

目次

プロローグ

歩《あゆむ》という名前がずっと嫌いだった。

弱そうだし、のろまな感じがする。実際、将棋の「歩《ふ》」が由来だと知らされた時には、やっぱり弱いし、のろまなんじゃないかとがっくりした。将棋のルールを知らない自分でも歩が前に一つずつしか進めない一番弱い駒だということぐらいは知っている。名前をつけたのは、おじいちゃんだ。おじいちゃんは将棋が趣味で、アマチュアとしてはそこそこの腕前らしい。

「歩は数も多いし粗末に扱われがちな駒だ。でも、相手の陣地まで進んだら、金《きん》と同じ働きをする。大出世するんだ。お前も一歩ずつ着実に前に前に進んでいけば、いつかはきっと金になる。そんな願いを込めて歩とつけたんだよ」

おじいちゃんはことあるごとに得意げにそう僕に告げた。

どうせなら、最初から金にしてくれればよかったのに。そんな捻《ひね》くれたことを聞くたびに思った。おじいちゃんが僕の幸せを願って名前をつけてくれたことはよく分かる。でも、この名前が人よりも遅い速度でしか生きられない呪《のろ》いのように思えてならなかった。

もちろん、心の一部ではそれがただの言いがかりだとちゃんと分かっていた。でも、鈍臭《どんくさ》い自分自身と正面から向き合うのはひどく苦痛で、名前のせいにでもしないとやっていられなかったのだ。

生まれてこのかた、僕は勉強も運動もぱっとしなかった。

どんなことでもできるまでに人の3倍は時間がかかる。当然のことながら、僕はみんなからいつも遅れていた。友人たちとの差は日に日に大きくなる。その差は広がりこそすれ、縮まることはない。そんな時のみじめな気持ちを僕は嫌というほど知っているはずだった。

なのに、高校に進学した僕は将棋部を選んでいた。よりによって頭脳の格闘技とも言われる将棋を選ぶなんて、たまたま自分を千尋《せんじん》の谷に突き落としたい気分だったとしか思えない。

でも、その時の僕に困難にあえて立ち向かってやろうなんて悲壮感は別になかった。ただ、シンプルに、なんとなく、やってみたいと思ったのだ。

第一章　僕は何もできない

吐いた息が白く濁《にご》る。4月に入ってもまだ岩手に春は訪れていない。母親に無理やり着せられたセーターとコートで着ぶくれした姿の栗原《くりはら》歩は、これから3年間を過ごす高校に向かい、とぼとぼと歩いていた。

突然、背後でわっと大きな笑い声が上がった。歩はびくっと体を強張《こわば》らせる。ちらりと見ると、上級生の集団だ。全身で耳を澄まし、自分を笑ったわけではなさそうだと分かり、ゆっくりと力を抜いた。ふいに息苦しくなって、詰襟《つめえり》の内側に指を差し込んで隙間《すきま》を作る。

人一倍必死に受験勉強した歩がなんとか滑り込んだのは岩北高校という私立校だ。中学の担任は「とても面倒見のいい学校だから、あなたに合っていると思う」と勧めてくれたのだけれど、40前後をうろうろとしている歩の偏差値ではこの高校以外に選択肢はなかったというのが本当のところだ。

90年近い歴史があるという岩北高校の校舎は、どっしりとしている。今にも雪が降りそうな分厚い灰色の雲が空を覆っているせいで、その建物はどうにも厳《いか》めしく見えた。

自分の教室が見えてくると、襟に指を差し込む仕草が途端に増える。しかし、歩は頑《かたく》なに襟のホックを外そうとはしなかった。

教室には既に10人ほどの生徒がいた。いくつかのグループに分かれ、何が可笑《おか》しいのか大声でしきりに笑っている。歩はなるべく気配を消しながら、窓際の自分の席に向かう。始業時間まであと10分はある。歩は少し迷って、カバンから入学式の日に配られたプリントを取り出した。とりあえず、プリントに視線を落としていれば、時間は潰《つぶ》せるし、格好もつく。

プリントは岩北高校の部活動を紹介したものだった。岩北高校は部活動に力を入れている学校らしく、各部の紹介文には全国大会出場といった輝かしい実績が書き込まれている。

しかし、歩の目には自分とは関係ない世界の情報としか映らなかった。岩北高校には有名大学受験を目指すような進学クラスがあり、普通クラスとは偏差値も20ほどの差がある。どうせ、その進学クラスの話だろうと冷めた気持ちで思った。

最初から大きな差がある進学クラスの生徒と部活で優劣を競うことになるなんて考えただけでげんなりする。歩は全国優勝を目標に掲げている部活は候補から排除していくことを決めた。

その基準でいえば全国大会の常連である将棋部は真っ先にはねられるはずだった。けれど、歩は「初心者歓迎」という言葉を何度も何度も目でなぞり、少し迷って、将棋部の欄にマルをつけた。

「なあ、将棋部入るの？」

顔を上げると、前の席の生徒と目が合った。口元に浮かんだ笑みがこずるそうにも、愛嬌《あいきょう》があるようにも見える。彼は宮田《みやた》春久《はるひさ》と名乗った。歩も自分の名前を伝えると、春久がすぐに「歩、ね」と呼び捨てにしたので、どきっとした。

なんで、そんな風に自然に距離を詰められるのだろう。歩は曖昧《あいまい》な笑顔を返しながら、心の中で慌《あわ》てて壁を作った。彼とは多分「種類」が違う。

「将棋部のところだけにマルつけてあったからさ。入るつもりなのかなあと思って」

春久はにやっと笑い、歩のプリントの一点をトンと指さす。その指摘に、歩の顔がみるみる赤くなる。現行犯で捕まったような気分だった。

「これは……何となくつけただけで……」

「えー、でも、マルしたってことは、興味あるってことだろ。俺も将棋部、気になってたんだよね。今日の放課後、一緒に部活見に行かね」

有無を言わさぬ強引な誘いだった。「なあ、歩」と肩に手を回され、親しげに呼ばれたら、歩はもう逆らえない。半ば反射的に頷《うなず》いていた。

「よかった。俺、一人で行くのちょっとやだったんだよな」

「どうして？」

思わず歩は尋ねた。誰とでもすぐに打ち解けそうな雰囲気の春久が、部活見学に怖気《おじけ》づくとも思えない。

「や、別に一人で行ってもいいんだけど。あんま顔合わせたくない奴《やつ》が将棋部にいて。歩の付き添いみたいな感じで行けたらなって思って」

なるほど、言い訳に使いたいということか。

利用したいという意図がはっきりして、歩はかえってほっとした。友達になりたいと言われるより、利用させてほしいと言われる方が、理解できる分、安心できる。

「……いいよ、行こうよ」

「じゃあ、連絡先教えて」

春久はスマートフォンをいじりながら言う。歩は何が「じゃあ」なのかと思いながら、もごもごと答えた。

「いいけど……ガラケーだよ」

「マジで？　じゃあ、QRコード使うしかないか。アプリ入ってる？」

「いや……そういうの、ちょっと、分かんなくて。その……手書きでもいい？」

「手書き？」と初めて聞く言葉のように繰り返した春久は、「歩ってなんか昭和だな」と声を上げて笑った。

なんで笑われているんだろう。理由はよく分からないが春久の笑い方に嫌な感じはない。つられて笑いながら、歩は少し呼吸が楽になった自分を感じていた。

将棋部の部室は文化部の部室が集まる棟の最上階の一番奥にあった。近づくにつれて、吹奏楽部が一つのフレーズを何度も繰り返し練習する音に混じり、ピシッ、ピシッという鋭い音が聞こえてくる。祖父が将棋をする姿を見て育った歩にはそれがすぐに駒音《こまおと》だと分かった。

将棋部と書かれた部室を恐る恐る覗《のぞ》き込む。

真っ先に感じたのは、「怖くない」ということだった。全国大会を目指す部活なのだから、ピリピリとした緊張感があるものと勝手に思い込んでいたが、実際の部室はまるで友人の家に遊びに来たかのようなくつろいだ雰囲気があった。時折笑い声を上げながら将棋を指している者もいれば、それをじっと見ている者、ただしゃべっているだけの者もいる。ゆるゆるとした空気に、歩はゆっくりと肩の力を抜いた。

きょろきょろと見回すと、部室の壁に歩でも知っている有名棋士のポスターが貼られているのが目に入る。アイドルのポスターじゃないんだと思った後に、いや、この部では彼らこそがアイドルなのかと思って眺める。

次に目に入ったのは部室の隅にできた5人ほどの人の輪だった。その輪の一人がふいに振り返り、歩たちの姿を認めた途端、顔をしかめた。

「マジで来たのかよ」

「なんだよ、来ちゃ悪いかよ」

春久が喧嘩《けんか》腰で応じる。どうやら春久の知り合いらしい男は、これ見よがしなため息をひとつつくと、輪の中に視線を戻した。歩たちもつられて輪の中を覗き込む。

二人の生徒が将棋を指していた。制服の校章の色から、一人は3年生、一人は1年生だと分かる。

3年生の生徒は腕を組んで盤を睨《にら》み付けている。苦しい表情だ。一方の1年生の表情は読み取れない。少し野暮ったいシルバーフレームの眼鏡、ぼさぼさの髪、丸まった背中、顎《あご》に手を添える仕草。その姿はまるで、依頼人の話を聞いただけで、椅子に座ったまま、たちち謎を解いてしまう名探偵のように見えた。

春久は知り合いの男・安達祐介《あだちゆうすけ》にうるさがられながらも話しかけ、対局しているのが3年生の主将・内藤颯太《ないとうそうた》と、新入部員の倉持謙太郎《くらもちけんたろう》であることを聞き出した。倉持は中学生の時から全国大会で何度も優勝している将棋の世界ではかなり名の知れた人物であるという。

なんだ。歩は騙《だま》されたような気持ちになった。もともと強い人がいれば、その部が強くなるのは当たり前だ。

そう考えた次の瞬間、この部に入れば自分も変われるかもしれないと思っていたことに気づき、その甘さに恥ずかしくなった。どうせ進学クラスが活躍しているだけだろうと最初から思っていたはずなのに、心のどこかで「初心者歓迎」という言葉にすがっていたようだ。

将棋のルールすら知らない歩の目から見ても、倉持の強さはなんとなく分かった。主将がじっと考え込んだ末に打ち込むと、倉持はそこに打たれることが予《あらかじ》め分かっていたかのようにすぐさま次の手を打つ。彼の目にはもうこの勝負の結末もすっかり見えているのだろう。駒を打ち込む仕草にも、相手にプレッシャーを与えるような意図は微塵《みじん》もなく、淡々としている。しかし、その落ち着きがかえって、静かな迫力となっていた。

駒を扱う指にも、持ち時間を表示する対局時計を止める手にも、同じ仕草を何万時間も繰り返してきた人特有の優美さがあった。

こういうのをオーラがあるっていうんだろうな。

歩はすっかり圧倒された。うらやんだり、妬《ねた》んだり、そういう捻くれた気持ちを持つことすらできず、ただ、憧《あこが》れた。

「……参りました」

ぼそぼそと主将が呟《つぶや》いて、頭を下げる。倉持は表情を少しも変えずに礼を返す。

「あー、最初から負ける気してたけど、やっぱダメだったかあー」

大きく伸びをしながら主将がぼやく。

「ここで歩を受けたのがダメだったのかな。でもそれが自然な気がしたんだよな」

「いや、ここは受けてよかったと思う。問題はその前でしょ」

二人は小声で話しながら、パチパチと小気味いい音を立て、駒を動かしていく。どうやら、勝敗の分かれ目となった決定的な局面を再現しているようだ。

どう動かしたか全部覚えてるんだ。

歩はひどく驚いたが、それはごく当たり前のことのようで、ギャラリーを含め誰も驚いていない。ギャラリーたちも交え、彼らはいつまでもああでもないこうでもないと検討を続けた。春久はさっさとその場を離れてしまったけれど、歩は身じろぎひとつせず、そのやり取りに見入っていた。口にしている言葉の半分も意味は分からなかったけれど、自分もそこに加わってみたいと思わせるような不思議な熱があった。


歩はその日に仮入部届を提出した。勢いで出したというより、自分はとうに選んでいたのだと感じていた。それぐらい迷いはなかった。

新入生歓迎会に集まった新入部員は10人。その半分が初心者だったので、歩はずいぶんとほっとした。

顧問は本郷《ほんごう》先生という、物理の教師だった。新入部員を見る眼鏡の奥の目が鋭かったので、歩は顔を合わせるなり、苦手意識を持った。怒られそうで怖いというより、全部を見透かされているようで怖かった。

上級生と1年生それぞれの簡単な自己紹介の後、初心者は先輩から一対一で駒の動きなど簡単な将棋のルールを習った。

「難しいと思われがちな将棋だけど、実は覚えることはそう多くないんだよ。もちろん、強くなろうと思い始めたら、様々な戦法を知っていかなければいけないけどね」

先輩はそう言うけれど、この時点で歩は混乱し始めていた。特に斜め後ろ以外には進むことができる**金**と、真横と真後ろ以外に進むことができる**銀**がごっちゃになってしまう。

次に先輩が将棋をやる上で大事なことだと言って教えてくれたのが、「負け方」だった。

「勝ち方」の間違いかと思ったが、確かに「負け方」だった。

「将棋の目的は、相手の**玉**《ぎょく》を詰ませることだ。詰むというのは、動けなくなった状態。次の一手で取られてしまうのに、どこにも**玉**の逃げ場がない状態が、詰みだ」

先輩はぱっと盤に駒を並べる。1段目に置いた**玉**と向かい合うように、**金**を置き、その後ろに**歩**を置く。

「これで**玉**は動けない。退路は全部**金**が塞《ふさ》いでいるし、**金**を取ったとしても、**歩**に取られてしまう。ほら、『人生詰んだ』とか言うだろ、あれが、これ」

将棋というと「王手」と口にするイメージが強かったが、そういうルールはないし、実際、口に出して言うことはほぼないという。

「玉を取るということは実際にはない。その手前で、負けた方が自分の負けを認めることで勝負がつく。将棋は相手を打ち負かして勝ち誇るものじゃないんだよ。負けを知るゲームだ。そうやって自分の弱さを直視し、悔しがることで、強くなっていく。だから、きれいな負け方をしろって先生はよく言うんだ。時々、負けた瞬間に駒を放り出すようにして席を立ってしまうような奴もいるけど、そういう態度取ったら、めちゃくちゃ怒られるから。きちんと『参りました』と言って、相手に対し礼をすること」

対局の最初と最後には「お願いします」「ありがとうございました」ときちんと相手に告げ、礼をする。大事なのは相手への敬意だと先輩は言った。礼に始まり礼に終わるというのは柔道の言葉だったか。本当に頭脳の格闘技なんだなと妙に納得しながら思った。

「あ、あと、先輩でも、別に敬語使わなくていいから」

「え、いいんですか？」

礼を大切にしていることと矛盾しているような気がした。

「うちは先輩も後輩もないから。ほら、子供の頃から将棋やってた奴ってやっぱり強いからさ、3年生が1年生に教えてもらうことなんてしょっちゅうなんだよ。上下関係とか意味ないだろ。まあ、先生にはもちろん敬語だし、大会なんかで会う目上の人にはちゃんと接してほしいけどね」

「はあ……そういうものですか……じゃなかった、そういうものなんだ」

なんとかタメ口にしようと、かえってしどろもどろになる。中学校の時にバレー部に所属し、徹底的に上下関係を叩《たた》き込まれてきた歩にとって、意識を変えるのは時間がかかりそうだった。

短い説明が終わると、さっそく、初心者同士で組んで、実際、将棋を指してみることになった。歩は将棋盤をはさんで春久と向かい合う。おぼつかない手で決められた配置に駒を並べていく。ずらりと並んだ駒に胸が高鳴った。

「よろしくお願いします」

教えられたとおりにきちんと互いに頭を下げる。なんとなく照れくさくて、春久と顔を合わせて笑った。

最初の一手。教えられたように中指と人差し指で駒を挟んで、打ち込んでみるが、冴《さ》えた音が出るどころか、狙ったところに置くことさえ難しかった。

歩はとりあえず、**歩**ばかりどんどん動かしていった。段々と他の駒の動かし方があやふやになってきたからだ。基本的なルールさえも覚えられない自分が情けなくて、なんとか隠し通そうと悲壮な決意を固めていた歩は、春久が何の躊躇《ちゅうちょ》もなく本郷先生に駒の動かし方を尋ねたことに仰天した。先生も怒るどころかなんでもないことのように答えていて、それにもまた驚く。

「……そういうこと聞いていいんですか？」

歩が尋ねると、先生は不思議そうな顔で答えた。

「なんで、ダメだと思うんだ？　考えて分かることなら、考えた方がいいけど、ルールはそうじゃない。覚えてないなら、正しいものを聞いて新しく覚えた方が早い。自分で動かしながら覚えた方が分かりやすいしね」

丁寧に説明されて納得したけれど、それでも質問するのには勇気がいった。しかし、春久と先生があまりに当たり前のようにやり取りしているので、気にしすぎていた自分がバカらしく思えてくる。歩もおずおずとではあるが、小さな疑問も口にするようになっていった。

将棋は駒を取られると、相手のものになってしまうというのがルールだ。駒を取られることを恐れて、相手の駒との距離ばかり気にしている歩と、少しぐらいの損は気にせずつっこんでくる春久。同じ初心者でもその動かし方は明らかに違った。

しかし、目についた駒を闇雲《やみくも》に動かしているレベルであることには変わりない。時間が経《た》つにつれ、盤上は敵味方が無秩序に入り混じる混沌《こんとん》としたものになっていった。覗き込んだ先輩たちの目から見てもどちらが優勢か分からない状態が長く続く。

ふいに**玉**までの道が見えた。ごちゃごちゃと並ぶ駒の中に、斜めに真っ直ぐ白く道のようなラインが見える。**角行**《かくぎょう》をそのラインにおけば、王手をかけられる。その発見に興奮し、慌てて**角**を動かすと、春久は焦《あせ》るでもなく、**玉**をひとつ右に逃がした。

たくさんの駒で包囲しているとばかり思っていた**玉**だが、逃げ場がまだあることに気づいていなかったのだ。歩は全身の力が抜けるほどがっかりした。

その後はまただらだらとしたやり取りが続いた。動かす駒に困って、歩は半ば**玉**に取られることを覚悟で**金**を近づけた。

「参りました」

春久が不貞腐《ふてくさ》れた口調で言う。えっと思って盤面をよく見ると、確かに春久の玉は詰んでいた。遠くにあった**飛車**《ひしゃ》が効いていたので、**玉**は**金**を取れなかったのだ。完全にまぐれによる勝利だったが、それでもじわじわと嬉しさがこみあげてくる。にやにやしそうな口をぎゅっと結んでこらえていると、横を通った本郷先生がふっと眉根《まゆね》を寄せたのが目に入った。

「これ、お前たち二人とも詰んでるぞ。いつから詰んでたんだ？」

慌ててよくよく見ると、確かに歩の**玉**も詰んでいる。

「おいおい、いつから詰んでたんだ」

そう言われても、歩も春久も首を捻るばかりだ。

「えー、じゃあ、俺、勝ってたのかよ？」

「ごめん、気づいてなかったのかも」

「王手がかけられているのに、回避しないと反則負けになる。でも、相手もそれに気づかず投了した場合は、投了が優先される。つまり、お前の負けだ。残念だったな」

笑いながら本郷先生に肩を叩かれ、春久はがっくりと机に突っ伏す。

「マジで、すごい悔しい」

ひとしきり唸《うな》り声を上げると、春久は顔を上げ、真っ直ぐに歩を見た。

「よし、もう一回やろうぜ」

春久はいそいそと駒を並べ始める。歩も慌ててそれにならう。

「歩って……やっぱり父親か誰か、家族に将棋が好きな人がいるのか？」

先生の言葉にぱっと顔を上げると、先生の鋭い目が歩の表情に注がれていた。

「おじいちゃんが、好きで」

まだちょっと記憶が怪しくて、歩は迷いなく並べる春久の配置を盗み見ながら、ぎこちない手つきで並べていく。

「きっと、歩のように一歩ずつでもいいから着実に歩んでいってほしいとかなんとか言われて育ったんだろう」

「ほとんど毎日言われてます。……でも、あんま、この名前、好きじゃなくて」

ふうんとあまり感情の乗らない声で言うと、先生は、少し斜めになった歩を意外なほど繊細な手つきで真っ直ぐに直した。

「まあ、その名前とあと何十年も一緒に生きていくんだ。好きになれるといいな」

言い方は素っ気ないのに、柔らかい声だった。

「……そうですね」

ずっと嫌いだった名前。好きになることなんてないと思っていたけれど、初めて、もしかしたらという気持ちになった。もしかしたら、将棋が好きになれば、この名前も好きになれるかもしれない。そして、もしかしたら……自分のことも。何の根拠もない。しかし、どうせ、無理だろうと言い張る心の声はいつになく小さかった。

帰宅するなり歩は自分の部屋に直行し、大切に抱えていた包みを机の上に置いた。クリスマスの日の子供のようにびりびりと大胆に包装紙をはがしていく。包みの中身は、将棋セットだった。

部活を終え、春久と駅で別れた歩は駅前をうろうろと歩き回り、将棋セットを探し回った。もう日もとっくに落ち、お腹もすいていたけれど、今日中に手に入れなければという思いは揺るがなかった。

しかし、将棋セットがどこに売っているのかが分からない。歩は商店街を何往復もした。文房具屋やおもちゃ屋など何となく置いてありそうな店を覗くが、将棋セットは見当たらない。交番でも尋ねたが、お巡りさんも分からないと言う。

時間はどんどん遅くなるし、体は冷えてくるし、足も痛くなる。諦《あきら》めかけた歩は、ふと思いついて、デパートに入った。ダメ元で受け付けの女性に尋ねると、文房具売り場にあるとの答えが即座に返ってきた。半信半疑でフロアに行き、将棋セットを目にした時は、あまりに嬉しく、生き別れた肉親と再会したかのように思わずぎゅっと抱きしめた。

歩が購入したのは、千円ちょっとの安いセットだった。お小遣いでは高いものは買えないというだけではなく、そもそも気楽な気持ちで使えるプラスチックの安いものが欲しかったのだ。家には祖父が愛用している、しっとりと艶《つや》のある木を使った、いかにも高級そうな将棋セットがある。祖父は喜んで使わせてくれるだろうけれど、それを使うのは「オソレオオイ」と思った。

プラスチック製とはいえ、自分の駒と盤だと思うと嬉しくなった。しばらく眺めてから、駒を並べてみる。春久と何度も対局したおかげで、何も見ずにすらすらと並べられた。相手の分も駒を並べて、ひとり悦に入っていると、ノックもなく部屋のドアが開いた。

「……勝手に入ってこないでよ」

どっどっと打つ心臓を押さえながら、歩は母親にきつい口調で抗議する。母親はその言葉を毛ほども気にする様子もなく、ずかずかと部屋に入ってきて、机の上を覗き込む。

「なんだ、帰るなり部屋に籠《こも》ってるから、エロ本でも見てるのかと思った。何、これ将棋？あんたに将棋なんてできるの？」

にやっと母親は笑う。歩が黙ってうつむいていると、急にぷりぷりと怒り出した。

「何よ、そんな顔することないじゃない。ただ、ちょっと意外だっただけでしょ。お父さん、帰ってきたからご飯にするわよ。将棋もいいけど、すぐに降りてくるのよ。お父さん、お腹すかせて待ってるんだから」

「……うん」

「もう、いちいち過剰に反応して、傷ついてたら、これから先、生きてけないわよ。まったく、あんたは誰に似たのかね」

本当に誰に似たのだろうと思う。厳しい顔で新聞を読む父、バラエティー番組を見ながらご飯をかき込む母、スマートフォンをいじりつづけている妹。食卓について、家族の顔を順繰りに見ていっても、自分は誰にも似てないと感じる。顔のつくり的には父に少し似ているけれど、父には自分のようなぐずぐずとした、弱い部分はない。

「ワイドショーでやってたんだけど、最近、家族そろって食事をしている家って少ないんですって。そういう家ってやっぱりいろいろ問題あるらしいわよ。ニートとかいうの？　ああいうのも一緒にご飯を食べていれば、防げるって専門家が言ってたわよ。やっぱり顔を合わせるのが大事だって。その点うちはいつもみんな一緒に食べてるわよね。ああ、この肉じゃが美味《おい》しいわ。でね、今日、隣の和田さんがね、犬を飼い出したって言うのよ」

食事の時間はいつも母のワンマンショーだ。多分、考えるよりも早く母は話しているのだろう。母のあまり整理されていない話を聞き流しながら、家族はいつものように黙々と箸《はし》を動かす。

祖父が歩に向かって、まったく、参るよなあという顔をする。歩は苦笑しながら頷いた。祖父とだけはちょっとだけ似ているところがあるような気がする。

「将棋を始めたんだってな。将棋部に入ることにしたのかい」

母の言葉がふっと止まった隙に、祖父が言う。歩が頷くと、祖父も満足そうに頷いた。

「岩北高校の将棋部、新聞の記事で見たぞ。なんでも、有名進学校相手に全国大会でも大活躍しているそうじゃないか。全国大会の常連だって。そんな部に入るなんて、立派なもんだ」

「……立派なのは、全国大会に出た人たちだよ。僕は、関係ない」

「そりゃあ、今はまだ入ったばかりだ。でも、お前ならきっとすごい活躍をするようになるぞ。**歩**が**と金**に大出世するようにな。一歩ずつ努力していけば、きっとそうなる。そういう願いが、お前の名前にはこめられているんだからな」

「……もう、何度も聞いたよ」

祖父のことは好きだが、この瞬間だけ嫌いになる。祖父の期待は時々、口を開くのも億劫《おっくう》になるほど重たい。やっと、自分の名前を好きになれるかもしれないと思ったところだったのに、あまりに重たくて、投げ捨てたくなる。

「しかし、歩も高校生か。お父さんと同じ高校に進むことになるなんてなあ。本当に立派なもんだ」

「同じ高校といっても、俺は進学クラス、歩は普通クラスですけどね」

父が淡々と指摘する。

「大体、将棋部って、お前、大丈夫なのか……3年間やり通せないと意味はないんだぞ。子供の頃、もう将棋なんて嫌だと泣いて逃げ出したことを忘れたのか」

ふいに、その時の父のため息が生々しく蘇ってきた。自分は何もできない人間なのだという圧倒的な無力感も。

「子供の頃、俺とおじいちゃんと二人がかりで時間をかけて教えたのに、お前、ちっとも覚えなかったじゃないか。それでしまいには、よりによって駒を放り投げて、癇癪《かんしゃく》起こして。覚えてないのか」

忘れていた。多分、忘れたかったのだと思う。しかし、思い出してしまった。

気持ちがすとんと床に落ちたような気がして、じっと床を見た。当然のことながら、何も床には落ちていない。

そんな当たり前のことが可笑しくて、少し笑った。

「まあ、いいじゃないの。できなかったら、できなかったで。ほら、歩、唐揚げ」

聞き役に回ってつまらなそうにしていた母が、頼んでもいないのに、歩の取り皿の上に唐揚げを置く。油でつやつやと輝く唐揚げの姿に、歩の胃がしくりと痛んだ。

「どうして、お前は、せっかくのやる気に水を差すような言い方をするんだ」

「俺は、歩に3年間ちゃんと続けられる部で頑張ってほしいだけだ」

「だから、なんで、将棋を続けられないって決めつけるんだ」

祖父と父が自分のことで言い合っているというのに、幽体離脱でもして、高いところから見下ろしているように、現実感がなかった。口をはさむ気力もなければ、言葉もない。代わりに口を開いたのは、スマートフォンから顔を上げた、妹の香織《かおり》だった。

「お父さんもおじいちゃんも、やめなよ。そんなのお兄ちゃんの勝手じゃん。お兄ちゃんも、自分のこと言われてんのになに笑ってんの」

まだ笑っていただろうか。指で触れると確かに口角があがっている。可笑しくもないのに、なんで笑っていたんだろう。歩は慌てて口を引き結んだ。

「いや……ごめん」

「お兄ちゃんが謝ることじゃないし」

「そう、だね」

もう食欲も失《う》せた。しかし、皿の上の唐揚げを片づけなければ、この場を去ることもできない。歩は唐揚げを口に押し込み、無理やりに飲み下した。

「ご馳走様」

食器をさげると、逃げるように自分の部屋に戻る。いや逃げるようにではなく、逃げたのだ。その自覚はしっかりとあった。

部屋に戻った歩はしばらくベッドに突っ伏していた。心臓が嫌な感じに打っている。頭の中では「もしかしたら」が影をひそめ、「どうせ」が盛り返しつつある。

ぱっと身を起こし、歩は机のそばに歩み寄ると、将棋盤と駒をしばらく眺めていた。駒を手にしては、机に戻す。それを何度も繰り返した後、歩はゆっくり椅子を引いて、**歩**を手にした。息を吐いた後、中指と人差し指で挟んで、打ってみる。思いがけずピシッと冴えた音がした。

入学式からまだ二日しか経っていないというのに、翌日はもう6限まで授業がびっしりとあった。内容を理解するよりも、板書を書き写すのに必死で、6限が終わる頃にはくたくたになっていた。進学クラスはさらに1コマ多く授業があるというのだから、驚くしかない。きっとそもそも勉強が好きでしょうがないという人たちなのだろう。

「歩、将棋部行くだろ」

春久に言われて、躊躇《ためら》いなく頷けることが嬉しかった。

「今日は悪いけど、俺、勝つから。今日の俺はもう昨日の俺じゃねーし」

春久は得意げに言うと、スマートフォンを突き出した。画面に小さな将棋盤が表示されている。

「このアプリ見つけて、速攻落としてさ。何回もやってるうちにちょっと分かった気するんだ。俺、センスあるかもって」

将棋アプリの存在など考えてもみなかった歩はただその画面を眺めて、「へえー」と間抜けな声を上げることしかできない。また、昭和だと言われるんだろうなと思いながら、自分は将棋セットを買ったと伝えると、春久は案の定「マジで昭和だな」と言って、笑った。

「なあ、お前ら、ここ第何志望だった？」

突然横から声がかかる。無暗《むやみ》に大きな声の主は隣の席の茶髪の男だった。記憶を振り絞り、梶浩太《かじこうた》という名前を思い出す。今日も30分ほど遅刻してきた梶は、制服の前ボタンを全開にし、早くも上履きのかかとを潰している。見るからに歩が一番苦手とするタイプだった。

「第一志望だけど」

冷たい口調で短く春久が返すと、梶は「えー」とまたひどく大げさな声を上げた。

「マジで言ってんの？　うっそ、ここ男子校だよ。女子いないんだよ？　俺、ここだけはないと思ってたわー」

「じゃあ、なんで来たんだよ」

冷たい口調ながらも春久は律義に応じている。

「そんなん、決まってんじゃん。俺、バカだからさあ」

自分の言ったことに梶は腹を抱えて笑い出す。春久は「だろうね、バカっぽいもん」と凍りつくような声で言うと、カバンを手にした。

「歩、行こうぜ」

「おい、待てよ」

歩き出した二人を、梶が呼び止めた。

「さっき、話してるの聞こえたんだけどさ、お前ら、将棋部に入るつもりだろ。絶対やめた方がいいって」

「なんで、お前にそんなこと言われなきゃなんねえんだよ」

「将棋部に入って自分も全国優勝とか、すごいことできんじゃないかって思ったんだろ？ないない。そんなの頭のいい、進学クラスの奴らだけだって。普通クラスの俺たちには無理。絶対無理」

足が止まりかけた歩の腕を、春久がぐいっと引く。歩はつんのめりながら、再び歩き出した。

「ああいう奴が一番嫌い」

春久が小声で吐き捨てるように言う。歩の腕を引く力は、痛いほど強かった。

部室への階段を駆け上がる。新入生が加わったためか、吹奏楽部の演奏は昨日より明らかに音が外れている。

運動をしなくなって久しい歩は軽く息が切れた。一方、春久は本当に野生動物か何かのような軽やかさで上っていく。

「なあ、歩は中学で何部だった？」

聞かれて、軽く息が詰まる。しかし、歩は何気ない口調を装って答えた。

「バレー部」

「意外なんだけど。文化部っぽくね。じゃあ、なんでバレー部に入らなかったの？」

「もう、いいかなって」

短く答えると、春久は何かを察したのか、それ以上追及しようとはしなかった。

「えっと、宮田……くんは？」

「帰宅部」

歌うように言うと、春久は会話を打ち切って、残りの階段を一気に駆け上がった。

将棋部の部室は、進学クラスがまだ授業中であることもあり、人はまばらだった。

春久は真っ直ぐ本郷先生のところに歩み寄ると、今日の部活のメニューは何かと聞いた。どこか挑むような春久の口調に歩はハラハラとしたが、本郷先生はまったく気に留める様子もなく、顎をつるりと撫《な》でた。

「部としてすること、というのはないな」

それが先生の答えだった。将棋部には決まった練習などはないという。それぞれに強さも違えば課題も違う。何をやるかは各々に任されていた。

「もちろん、弱点を補ったり、長所を伸ばすためにこうした方がいいというのはあるし、提案はするけどね。特に、初心者のうちはまだ何が自分に必要かも分からないだろうし。今日からしばらくは上級生と多面指《ためんざ》しだな。上級生1人に5人ぐらいの新入生を同時に相手してもらう。まずは先輩にお手本を見せてもらうといい」

「なんか、もっとこう、一気に強くなるような秘密の練習法とかないんですか」

春久の言葉に先生は苦笑した。

「そんな近道があったら、今頃、将棋は廃《すた》れているだろうな」

「でも、岩北高校将棋部って全国大会常連なんでしょ？　特別な練習法があるはずじゃないですか。センセイ、俺、早く強くなりたいんですよ」

「早く強くなりたいねえ……お腹がすいていない時って、美味しいものを食べても美味しくないだろ」

唐突な言葉に、春久は怪訝《けげん》そうな顔で頷いた。

「お前はまだお腹がすいていないと思うよ」

そう言い残すと本郷先生はまるで仙人のように悠々とした足取りで歩み去ってしまった。

「え、どういうこと？　歩、分かった？」

「うーん、なんとなくだけど、まだ早いってことじゃない？」

「そりゃあ、まだ早いだろうけどさあ。のろのろしてたら、祐介との差は開いてくばっかなのに」

ぶつぶつ言いながら、春久は乱暴に椅子に座る。

「祐介って、昨日、会った人だよね。友達？」

「幼馴染《おさななじみ》」

「……もしかして、喧嘩でもしてる？」

「喧嘩は……してない。喧嘩にもならない。ずっとさ、あいつとは張り合ってきて。いろんなこと一緒にやってたのにさ、いつの間にか一人だけ将棋はじめて、付き合い悪くなって。俺が突っかかっても、はいはいって、あしらわれて。そういうのってなんか悔しいじゃん」

春久はおもむろに駒を並べ出した。

「今日は、俺が勝つから」

真っ直ぐに見つめられてどきっとした。自分はまだそう思える段階にない。なるべく負けたくないとは思うけれど、勝ちたいと真っ直ぐに思えてはいない。

その思いの差に加え、アプリの効果もあったのだろう、歩は春久にあっさり負かされた。しかも、昨日の勝負にかかったよりも、ずっと短い時間で。

「参りました」と頭を下げ、悔しさに唇を痛いほど嚙《か》んだ。ただ負けたことだけでなく、昨日は同じレベルで競っていたはずなのに、一日でこれだけ差をつけられたことが情けなかった。

進学クラスの授業も終わり、部員が集まってくる。上級生による多面指しが始まった。歩を含む5人の新入生が長机にずらりと並ぶ。先輩はその前を何往復もしながら、指していった。

一度に複数の人間を相手するだけでも大変なのに、先輩の陣には角行、飛車がない。強さに差がある者同士が対局する時には駒を何枚か落として、調整する。歩は大駒《おおごま》2枚分のハンデを与えられていた。

大きく動くことができる**飛車**と**角行**は強力で、それがある分、随分と有利なはずなのだが、一手ごとに戦況は悪くなる。歩の目にもそれは明らかだった。相手の手元には、歩から奪った駒が扇形に並んでいる。なんとか一矢《いっし》報いようと、**飛車**を3段目に飛び込ませる。

玉と**金**を除いた将棋の駒は、相手の陣に進んだ時と引いた時に「成る」ことができる。裏返して、より強力な駒に変えることができるのだ。

飛車を裏返して「**龍王**《りゅうおう》」に変えて、意気揚々としていると、一周して戻ってきた先輩にあっさりと**桂馬**《けいま》で取られてしまった。

「うえっ」

声にならない声が漏《も》れた。前の駒を飛び越して斜めに進むことができる桂馬の存在をすっかり忘れていたのだ。その後、敵のものとなった飛車はすさまじい力で暴れまわり、歩はなす術《すべ》もなく投了した。

対局後、歩は部室の隅で、ぼうっとしていた。飛車を取られた瞬間がやけに鮮明に何度も何度も思い出された。確かに、負けたことは悔しい。でも、あんな風に無様に飛車を取られずに負けたなら、胸の奥に苦くて黒い塊が居座っているような悔しさはなかったはずだと思った。

春久も多面指しで負けたようだが、彼なりに善戦したのか、明るい顔でまた先輩と将棋を指している。

その対局を見る気にもならず、じっとうつむいていると、ふいに、コーヒー牛乳のパックが差し出された。

「これ、飲むか?」

本郷先生だった。急いで財布を取り出そうとすると、先生は手で制した。

「いや、やるよ。いちご牛乳飲みたかったのに、ボタンを押し間違ってなあ。俺、カフェイン、ダメなんだよ」

先生は声を潜めて言うと、照れくさそうに笑った。もう一方の手には雰囲気にそぐわない、いちご牛乳のピンクのパックがある。

「……でも、これってほとんどカフェイン入ってないんじゃないですか？」

「あー、ダメダメ。ちょっとのカフェインでも心臓ばくばくしちゃうから。もらってくれ」

「……あ、ありがとうございます」

　歩は首をすくめて、ストローをパックに突き刺す。歯が溶けそうなほどの甘さが、やけに美味しく感じられた。

「試合の最中も、飲み物を飲むことは許されてるんだけどな、みんな甘いものばっかり買うんだよ。やっぱり脳を酷使してエネルギー消費してるから、自然と糖分を欲するのかね」

「……今日、頭あんまり使ってないのに、すごく美味しいです、これ」

　笑いながら言ったのに、先生がまったく笑わないので、歩は焦った。

「そういう言い方するなよ」

「……すいません」

「謝ることじゃない」

「すいませ……」

　言いかけて、口を閉ざす。何を言うのが正しいのか分からず、ひたすらコーヒー牛乳を啜《すす》った。

「将棋、どうだ。好きになれそうか。……まだ聞くの早いか」

「そうですね……まだちょっと分かんないです」

「そっか」

「でも……初めて将棋を指した時、**角**から**王様**までの道みたいなのが見えた気がして。これで王手かけられるって。まあ、実際は見落としがあって、ダメだったんですけど、でも、その時の、脳の回路が新しく開通した感じが、すごくよくて。また、あの感覚を味わいたいなって思うんです。今度は勘違いなんかじゃなく」

いちご牛乳のストローをくわえたままじっと聞いていた先生は、ひとつ頷くと、小さく笑った。

「なんだ、もう分かってるんじゃないか」

「えっ？」

「なんでもない。じゃあ、今からまた多面指しをやろうか。今度は主将の内藤が相手だ。人のよさそうな顔をして、初心者相手でもえぐい手指してくるからな。ま、頑張れ」

ぽんと背中を叩かれ、将棋盤の前に座る。コーヒー牛乳の糖分のおかげか、さっきより頭が働いているように感じる。間違えるのはしょうがない。でも、間違いを繰り返さないようにしよう。そう思った。そうやって、ひとつひとつ間違いをなくしていけば、本物の〝あの感覚〟が味わえるかもしれない。

「参りました」という声がして、視線をやると、ちょうど倉持と対局していた3年生が投了したところだった。勝ったというのに倉持はやはり表情を変えることなく、伸びきったトレーナーの袖をさらにぐずぐずに伸ばしながら、先輩の話を聞いている。

勝つことに飽きてしまったのだろうかと思った。自分だったらきっと、嬉しさを隠しきれずについにやにやしてしまうだろう。

きっと、倉持は自分とは違う次元にいるのだ。4次元のようなよく分からない時空にいる人なのだと思えば、なんとなくしっくりと来る。

孤高という言葉が似合うその姿に、歩はやはり強烈な憧れを覚えつつ、どこか怖いとも思った。

第二章　２００人分の勝利

もう時計の針は6時を指そうとしていたが、将棋部の部室には、駒音がまるで土砂降りの日の雨音のように響いていた。

倉持謙太郎は主将の内藤と対局を終え、その内容を振り返っていた。

「結局、居飛車《いびしゃ》の方がなんだかんだで強いのかなあ」

内藤が悔しげに呟く。居飛車党の倉持と振り飛車《ふびしゃ》党の内藤はこれまで何度も対局しているが、ほとんどといっていいほど倉持が勝っていた。

将棋の戦法は居飛車と振り飛車に大きく分けられる。縦横に広く動き、攻めの要《かなめ》となる**飛車**を、そのままの位置に置いて戦うか、横に振って戦うかで、そのスタイルは大きく変わってくるのだ。**飛車**は敵陣に向けた大砲のようなものだ。それをどこに置くかで戦の組み立て方は自ずと異なる。

また、振り飛車にも三間飛車《さんげんびしゃ》、四間飛車《しけんびしゃ》、中飛車《なかびしゃ》とあり、**飛車**を振る場所によっても全然違う。居飛車がどんな戦術も指しこなす正統派だとすれば、四間飛車は守りが好きなタイプ、三間飛車は攻めるのが好きなタイプ、中飛車は攻めも守りもこなすバランスタイプと基本的には分かれる。他にも相手の出方に応じて選択される向かい飛車といった振り飛車などもあり、それぞれ特徴のある戦法の中から、自分にしっくりくるものをいかに選び、いかに磨くかというのも大事なポイントだった。

居飛車は多様な戦法を選べるが、その分、定跡《じょうせき》と呼ばれる最善の手を他より多く覚え、自分のものとしなければならない。そのため、自然と居飛車党には実力者が多い。

しかし、その戦法が性格に合っているかというのも大きく、実力があっても、好んで振り飛車で指す者も少なくない。内藤もその一人だった。

「いや、居飛車に振り飛車が負けたんじゃないでしょ。先輩が俺に負けたんでしょ」

倉持の容赦ない言葉に、内藤は手で顔を覆って、しくしくと泣き真似を始めた。

「ひどいっ。そんなはっきり言わなくたって」

「でも、先輩に振り飛車あってると思うけど。特にゴキゲン中飛車で指してる時なんて、すっごい気持ちよさそうだし」

内藤は手を下げると、途端に勢い込んで言った。

「そうなんだよ。やっぱり、俺、指してて楽しいのはこっちなんだよな」

ゴキゲン中飛車という、このなんともユニークな名前の戦法は、いつもニコニコしていてゴキゲン流と呼ばれていたプロ棋士・近藤正和《こんどうまさかず》が開発した戦法だ。受けの戦法と見なされていた中飛車だが、ゴキゲン中飛車は果敢《かかん》に攻め込む戦法であり、様々な対策が編み出され今でも人気がある。

「そういえば、今日のゴキゲン中飛車、ちょっと変わってた気が」

飛車を中央に動かすところまでは同じだが、**右銀**《みぎぎん》を活用するところが、ゴキゲン中飛車の定跡とは違った。

「これな、市川って先輩が得意だった戦法なんだよ。で、代々、引き継いで、磨いてきたってわけ。これお前、引き継いでよ。居飛車党だって、時には振り飛車使うでしょ」

確かに居飛車党とはいえ、状況によって振り飛車を選ぶこともある。

「引き継ぎか……」

「そうだよ、俺たちもあと3か月ぐらいしたらいなくなるからね」

「寂しくなります」

「それ、本気で言ってる？」

「……多分」

内藤は「多分かよ」と笑った。なんだか急に気恥ずかしくなり、倉持は早口に言う。

「でも、引き継ぐんだったら、町山《まちやま》とかの方がいいんじゃない。振り飛車党だし」

「呼んだ？」

両肩に手を置かれ、振り返ると、小動物を思わせる小柄な少年が立っていた。1年生の町山太陽だ。太陽と書いてハルヒと読む珍しい名を持つ少年は、まるで散歩を前にした犬のような嬉しさを全開にした顔をしている。

「ね、ね、今、俺の名前呼んだでしょ。何、何、俺の噂《うわさ》？」

名前など出さなければよかったと心底思いながら、倉持はハルヒの手を素っ気なく払う。

「呼んでない」

「えー、聞こえたけど。俺、耳いいし」

「異様によさそうだよな」

「異様ってなんだよ！」

肩をばしっと叩かれた。倉持はその肩をじっと眺めた。いちいち会話にツッコむというのにどうも慣れない。大体、どう対応するのが正しいのかもよく分からなかった。だから、倉持は一連のやり取りをすっかりなかったことにして、内藤と向き合った。

「で、ここなんですけど、相手は**6六歩**と来ますよね」

「それなんだけどね」

「なんだよ、俺にもゴキゲン中飛車教えてよ」

ハルヒが内藤の肩をがたがたと揺する。

「なんだ、ハルヒ、全部聞いてたんじゃないか」

内藤はハルヒに揺すられるままに、首をゆらゆらさせながら、おっとりと笑った。後継者は俺だとハルヒが言い張るのにわざわざ反対する理由もなく、倉持はハルヒと席を替わった。

内藤が実際に駒を動かしながら、ハルヒに説明している。手持無沙汰になった倉持は、カバンの中から食パンを取り出した。袋を開けて、躊躇《ちゅうちょ》なくかぶりついていると、内藤とハルヒが手を止めて、あっけにとられたような顔をしていた。

「なにか?」

「いや、なんで、食パンなの?」

「なんでって、早めの夕食、だけど」

「いや、味は！　味！」

ハルヒにキレ気味に言われて、倉持は「ああ、忘れてた」とカバンからスティックシュガーを取り出した。食パンにざらざらとかけて、またかじる。

ハルヒは首をぷるぷると振った。

「いやいや、そういうことじゃなくて」

倉持は早くも2枚目の食パンに手を伸ばす。

「ちゃんと俺だって考えてるんだよ。高校生男子の一日の目標摂取カロリーは大体2400

ぐらい。食パン1斤で1000キロカロリーぐらいだから、食パン2斤と野菜ジュースを飲めば大体クリアできる計算になる」

「その計算、間違ってるよ！」

「どこが」

「人として！」

ハルヒはもう将棋そっちのけで倉持の食生活をあれこれ質《ただ》しては、一人で憤慨《ふんがい》している。しかし、内藤に注意され、しぶしぶ盤に意識を戻した。

ようやく静かになり、機械的に食パンを咀嚼《そしゃく》していると、本郷先生に声をかけられ、廊下に呼び出された。

「なんでしょう」

尋ねながら、予想はついていた。岩手県将棋選手権のことだ。この大会は8月に行われる全国高等学校総合文化祭将棋選手権全国大会の予選でもあり、団体戦の1位、個人戦の1位2位が全国大会に進むことができる。

しかし、一つ大きな問題があった。全国大会で団体戦、個人戦を同日に行う関係上、個人戦で全国出場を決めた選手は、団体戦に出られない規定になっているのだ。

「個人戦にお前が出たら、まず優勝するだろう。間違っても全国行きを逃すということは考えられない」

そうだろうと自分でも思った。うぬぼれではなく、それぐらいの自信はある。

「それでだ……団体に絞ってくれないか。俺はな、お前がいてくれたら、今年こそ団体で全国優勝が狙えると思ってる」

「いいですよ」

あっさり答えると、先生はちょっと不満げな顔をした。

「そんな簡単に答えていいのか。『いいですよ』って、『どうでもいいですよ』ってことじゃないだろうな」

内心、鋭いなと思いながら、笑ってごまかす。勝ちたいという思いはもちろんある。大会で優勝したら素直に嬉しいと思う。でも、何が何でも全国で一番になりたいとまでは思えないのが正直なところだった。できたら、一番になりたいとは思う。でも、絶対なんて世の中にないし、ダメだったらしょうがない。そう思ってしまう部分がどうしてもある。

その気持ちを小学生の時、将棋クラブの友人に打ち明けたら、嫌味だと言われ、しばらく、口もきいてもらえなかった。以来、そうした思いを口に出したことはない。

先生は何か言いたいことをぐっと飲み込んだ顔をして、倉持の背中を叩いた。

「とにかく、頼むな。団体戦は重いぞー。お前の勝敗が3人分の勝敗を握ってるんだからな」

　脅すだけ脅して先生は去っていく。団体戦の重みは先輩たちから既に何度も聞いていたけれど、倉持にはまだ今一つピンと来ていなかった。

　部室に戻り、内藤とハルヒの対局が終わるのを待って、倉持は団体戦の話を切り出した。

「団体戦って、まだよく分かんなくて。だって、団体っていっても、3人並んで同時に指してるだけじゃないの」

　内藤は重々しく首を横に振った。

「全然違う。個人戦だったら、最悪自分が負けても、自分のせいだって納得できるじゃん。でも、団体戦で負けたら、すっごい凹《へこ》むよ。なんてことをしてしまったんだーって罪悪感は比較にならない。でも、逆に団体戦で勝った時の喜びも3倍になる。いや、3倍以上……何億倍だな」

　何億倍って、とその小学生のような言い様に笑う。

「それは……なんとなく分かるんだけど」

「まあ、実際さ、こうしてみんなと部活やって、団体戦に出たら分かってくるよ」

「はあ」

　顎を押さえながら、ぼんやりと返事をする。初めて大会に出ることを少し怖いと思った。

そんなに重い責任を負うこと自体よりも、自分が団体戦の重みを本当の意味で感じ取れないかもしれないことが怖かった。

部活を終えると、外はもうすっかり夜だった。ラーメンを食べに行くと言うハルヒたちと別れた倉持の足は自然と商店街のはずれに向かっていた。商店街といっても、かなり駅から離れ、人通りが絶えた少し寂しい場所。そこに、倉持将棋クラブはあった。

倉持将棋クラブと大きく書かれた看板をしばらく見上げ、倉持はドアを引いた。

「お、謙太郎か」

笑顔で出迎えてくれたのは、水野《みずの》孝志《たかし》だった。

父親が将棋クラブを開いたのは8年前のことだ。そして、2年前に亡くなった。以来、常連客だった水野は父親の遺志を受け継いで、このクラブを切り盛りしてくれていた。

「ちょっとやってっていい？」

財布から500円を取り出す。しかし、水野は痛いぐらいの力で押し返した。

「いいって。謙太郎からお金取れるわけないだろ」

小さいけれど鋭い声で言われて、ゆっくりと500円を財布に戻す。もう、このやり取りは何度目だろう。しかし、最初から席料を払わないのも違う気がして、倉持はこのなんとも居心地の悪いやり取りを繰り返していた。

さほど大きくない空間に、6つの机が並んでいる。そのうちのひとつだけがふさがり、40代ぐらいの男と老人が対局していた。どちらも見知った顔だ。

対局が終わると、老人は倉持に気づいて、「確か、あんた岩北高校だったな」と声をかけた。

「岩北高校の将棋部っていったら、全国にその名が轟《とどろ》いてるそうじゃないか。岩手の将棋指しとして鼻が高いよ」

「……ありがとうございます」

「やっぱり、あれかね。指導は熱心なのかね」

確かに、指導は熱心だと思う。しかし、自分はどちらかといえば、教わることより、人に教えることの方が多いし、部の雰囲気ものんびりとしている。多分、老人が思い描いているだろうスパルタ指導とはだいぶ違うのだが、うまく説明できる自信がなかったので、倉持はただ、「そうです」とだけ答えた。

倉持は請われて、老人と対局した。倉持はアマチュア六段なのに対し、老人はアマチュア三段。三段差は普通、**角**を落として戦うのだが、老人はハンデのない平手《ひらて》で指したいと言う。格下との対局だと心のどこかで油断して臨んだ倉持は、定跡をよく知った上で、あえて外してくるような、老練な手筋に翻弄《ほんろう》された。それでも、冷静にひとつひとつ丁寧に対処し、なんとか玉を追いつめる。

「参りました。いや、若いのに大したもんだ」

負けたというのに、老人は嬉しそうに笑うと、そのまま機嫌よく帰っていった。

「将棋が好きなんだねえ」

見送りから戻ってきた水野がしみじみと言う。

「謙太郎はどう、将棋好き？」

真っ直ぐに聞かれて、咄嗟《とっさ》に言葉が出なかった。

「なに、即答じゃないの」

「いや、急に聞くから……好きだよ。好きだけど、なんか、もうそういう次元じゃないっていうか」

「あれだね、奥さんを好きかって聞かれた夫みたいな答えだね」

水野は笑うと、机の上の盤と駒を片づけ出した。倉持も黙って手伝う。

片づけ終わると、急に部屋はがらんとして見えた。

「ねえ、あれ、片づけた方がいいんじゃない」

倉持は壁に飾られた賞状やトロフィーを示す。全て父親に連れられ、全国各地の大会に参加した倉持が獲得したものだった。数が多いこともあり、なんだか私設の博物館のようで気恥ずかしい。

「ダメ。外せないよ。あれを飾る時のおじさんの嬉しそうな顔見ちゃってるしさ」

それを言われるともう何も言えない。ぺたんと腰を下ろすと、水野も正面に座った。沈黙が重たい。水野が軽く咳払《せき》いをした。

「久しぶりにやろうか」

「今、片づけたばっかりなのに」

「また出せばいいよ」

倉持の返事も待たず、水野は腰を浮かせていそいそと盤と駒を用意する。一瞬、その姿がいつかの父親と重なって、倉持は息を止めた。一気に押し寄せてきた思い出を押しとどめるように固く目をつぶり、ゆっくりと開く。やっぱりこの場所が一番父を近くに感じられると思った。

結局、最初に先生に告げたとおり、倉持は団体戦を選んだ。まだ、団体戦の面白さや重みについてはよく分からないままだったけれど、だからこそ、実際に試して、自分がどう感じるのかを知りたかった。

岩手県将棋選手権の1日目は個人戦だ。会場の会館には県内の将棋部が集まっている。その数200人ほど。A級、B級、C級と強さによって分かれるのだが、どこのクラスに参加するかは個人の自由だ。無理にレベルの高いクラスに参加させても意味がないけれど、少し背伸びをしたことで自信がつく場合もある。どのクラスに誰を出すかというのは、顧問の悩みどころだった。

岩北高校の場合、個人戦の結果によって、翌日の団体戦のメンバーを確定する。今年は実力者がそろっており、他校との戦いもさることながら、校内の争いもし烈《れつ》なものとなっていた。

中でも団体戦を意識していたのが、ハルヒだ。団体戦は2チーム構成できるのだが、A1チームのメンバーとして予想されているのが、倉持、内藤、祐介の3人だった。ハルヒも二段と十分強いのだが、一か八かの戦法を好むところがあり、確実に勝ちを獲りにいくことが重要な団体戦向きではないとされた。それが自分でも十分分かっていたから、ハルヒは誰よりも強さをアピールしなければならないと考えていた。安定感なんて、どうでもいいと思えるぐらいのインパクトのある勝利が必要だ、と。

個人戦に優勝してしまったら、団体に出られなくなると倉持が指摘すると、ハルヒは「倉持たちと一緒に全国に行けるなら、それもいいね」と言った。とにかく、楽しそうなことに自分が参加できないことが嫌らしい。

岩北高校が会場に入っていくと、会場の視線が集まった。既に、10年近く、この大会をはじめ様々な県大会で全国大会行きの切符を独占しているのだ、マークされていないわけがない。

「去年優勝しているとか勝負に関係ないからな。そう思って戦ったら負ける。チャレンジャーのつもりでいけ」

大切な試合を前にどこかのんきな雰囲気の部員たちを鋭い目でじっと見つめながら、本郷先生は言う。実際、県内には岩北高校以外にも強い高校は存在する。中でも、M高校は決勝に駒を進めることも多い強豪だった。

先生の短い言葉に送り出されたメンバーたちはそれぞれのクラスの会場に散っていく。倉持はA級の会場に向かい、応援に回った。

もちろん、応援とはいえ対局中は声をかけることはできないので、無言で見守っているだけだ。しかし、一戦一戦勝ち上がっていくメンバーと喜びを静かに分かち合うのは、悪くない気分だった。

トーナメントの山が高くなるにつれて、会場の緊張感は息をするのも憚《はばか》られるほどになる。

岩北高校のメンバーたちは順当に勝ち上がり、トーナメント表はまるで部内の順位戦のような状態になっていた。

お昼になると参加者には弁当が支給される。みんなが弁当を食べる横で、食パンを食べていると、ハルヒからコロッケを差し出された。

「パンで挟んで食べなよ」

あまりに勧めるので、コロッケサンドにして食べてみる。あれっと思うほど美味しかった。食パンというのはなんて味気ないのだろうと今更ながらに思う。

ハルヒが野良猫の餌付《えづ》けに成功したかのように、にこにこと見守っているので、なんだか急に気恥ずかしくなって、倉持は味のない食パンを無理にがつがつと食べた。

昼食中、話題となったのは、C級で参加していた栗原歩だ。彼は第一試合で切《き》れ負《ま》けしてしまったという。

将棋には持ち時間がある。この大会のA級では20分の持ち時間があり、これが切れると、そこからは30秒の秒読みとなる。B級、C級はといえば、持ち時間は25分と少し長い。そのかわり、時間が切れた時点で負けとなってしまう。それが「切れ負け」だ。

歩はまだ残り5分ほど持ち時間があったという。しかし、そこで相手が席を立ってしまったのだ。対局中、席を立つことは禁じられてはいない。要は、歩がさっさと自分の番を終えて、対局時計を止めればよかったのだが、彼は相手が戻るのを待ってしまった。

「あいつ、真面目《まじめ》だからさあ。すっごい落ち込んでるみたいで」

「だろうな。他の奴だと笑いにできるけど、あいつだとちょっと笑えないよな」

そんな先輩たちのやり取りを聞いた後、倉持はトイレで歩に遭遇した。顔を何度も何度も水で洗っている。水しぶきが四方八方に激しく散っていた。

倉持はポケットを探る。くしゃくしゃなハンカチが出てきたので、少し迷ってから、手渡した。

「一か月ぐらい入りっぱなしだったやつかもしれないけど」

歩は倉持の姿を認めて、硬直した後、ぎこちなく「ありがとう」と言った。ハンカチでごしごしと顔を拭《ぬぐ》う。痛々しいほど真っ赤な目をしていた。

「……なんか、大丈夫？」

とりわけ、気の利いた言葉も思いつかずに尋ねる。

「大丈夫、じゃないよ」

歩は自嘲《じちょう》気味に笑いながら言った。

「でも、一回間違えたんだから、もう間違えない」

そう言うと、歩はハンカチを丁寧に畳んで倉持に返し、トイレから出ていった。あんなに赤い目をしていたのに、意外なほど力強い表情なのが妙に印象に残った。

午後からまた戦いが始まった。既に何局も終えたメンバーたちには疲労の色がある。準決勝、決勝では岩北高校同士の戦いとなったので、緊張の中にもどこか和《なご》やかな空気が漂った。お互いの手の内を知り尽くした相手だ。相手の裏をかこうとする者、あえて得意戦術を貫く者、様々だった。そんな中、ハルヒは得意の三間飛車で、先輩たちを相手に善戦していた。彼の戦法は基本的に罠《わな》をかけるという博打《ばくち》性の高いものだ。相手がハマればよいのだが、相手に回避されてしまえば困ってしまう。しかし、この大会での彼は罠が回避されたとしても諦めず、新たな攻めの形を作って、果敢に攻めていく。楽して勝ちたいと言って憚らない彼が、随分と努力してきたのだろうと知れた。

結果、ハルヒはA級4位となった。立派な成績なのに不満そうな顔をしている、3位の祐介に負けたことが不服なのだ。1位は内藤、2位も岩北高校のメンバーだった。

その結果を受けて、先生は団体戦のメンバーを決定した。内藤は個人戦代表になったため、自動的に団体戦のメンバーから抜ける。A1チームのメンバーは倉持、ハルヒ、祐介となった。ハルヒの個人戦での頑張りに加え、1年生チームを組むことで、来年も同じメンバーで戦えるかもしれない点が考慮された。

いちいち絡んでくるハルヒと違い、祐介は倉持にとって少し距離のある存在だった。何度か部活で対局したことはあるものの、一緒に行動することは滅多にない。しかし、小学生の頃から近所の将棋クラブに通い、今ではアマチュア三段の腕を持つその将棋は堅実そのもので、団体戦のメンバーとしてはこれ以上ないほど頼もしい人物だった。

団体戦で重要なのはオーダーだ。最初に決めた先鋒《せんぽう》、副将、大将のまま全国大会を含む全ての試合を戦わなければならない。大将に一番強い選手を持ってくることが多いが、あえて、一番強い選手を先鋒などに回して、確実に一勝を取るという戦略もある。

しかし、逆に言えば、その戦略を取ると、大将戦で一敗してしまう可能性が高いということでもある。悩ましいところだった。また、1回戦の相手にはぴったりなオーダーであっても、決勝戦では不利になるオーダーなどもあり得る。勝負は対局が始まる前からもう始まっているのだ。

先生は悩んだ末、大将にハルヒ、先鋒に祐介、副将に倉持とした。倉持と祐介が確実に二勝を稼ぎ、ハルヒが予想のつかない手で強い相手をかく乱するという戦略だ。

次の日の団体戦、倉持たちA1チームは危なげなく勝ち進んだ。昨日から冴えているハルヒはその学校の中でも一番強い部員であろう相手を次々と破っていく。一方で予想外だったのが、祐介の苦戦だ。結果的にはなんとか勝つものの、僅差《きんさ》の勝利ばかりで、最後までギャラリーをハラハラさせた。安定感がある祐介だが、一度悪くなったら、なかなかその形勢を逆転できない。逆転するには、正しい手ではなく、相手を惑わせるような含みのある手を打たなければならないのに、その決断ができないのだ。だから、悪くなる時はじりじりと悪くなり続けてしまう。

また、終盤力が足りないことも浮き彫りになった。悪くなることなく、指していても、どうしても最後が決めきれず、するすると相手の玉に逃げられてしまう。そのため、祐介の対局の最後はほとんど秒読みによる激しい指し合いとなった。

「お前、寄せは5級だな」

準決勝の後、身じろぎひとつしないで座っている祐介に、本郷先生がぼそっと囁《ささや》いたのが聞こえた。寄せとは終盤戦における細かい詰めのことだ。それがしっかりしていなければ、勝利は得られない。三段の祐介にとってあまりに痛烈な一言だった。祐介は真っ白な顔でぎゅっと拳《こぶし》を握りしめている。

倉持はハルヒと顔を見合わせた。しかし、どちらも祐介にかける言葉が見当たらない。自分だったら、何も言ってほしくない気もする。結局どうしていいか分からないうちに、決勝戦となった。決勝の相手は岩北高校A2チームだった。ライバル校のM高校は準決勝でA2チームに敗れていた。

「負けないからな」

先輩は笑っていたが、その目は真剣だった。倉持も気を引き締める。先輩たちが相手とはいえ、ここで負けるわけにはいかない。団体戦一本に絞ったのに、全国大会に出場できないなんて、そんな間抜けな状況になるのは嫌だった。

祐介の不調をカバーしなければと思った。自分が素早く確実に勝利することで、祐介の心理的負担は少し軽くなるはずだ。本来、倉持の将棋はどちらかというと石橋を叩いて渡るような堅実なものだ。少しずつポイントを稼ぎ、そのリードを広げ、勝ちを確実なものにしていく。しかし、今はそれではダメだと思った。

急戦を仕掛けると、倉持の棋風《きふう》をよく知る先輩はおやっという顔をした。しかし、即座にそれに応じる。対戦した先輩は三間飛車を得意としていて、乱戦になればなるほど強いと部内でもよく知られていた。そんな相手に仕掛けることは無謀だと分かっていた。しかし、祐介の真っ白な顔を思うと、リスクはあっても、早い手を選ばずにはいられなかった。

対局中、隣のハルヒと祐介の盤をちらちらと盗み見る。形勢の差もなく、どちらもまだ何とも言えない状態だ。自ずと気が急《せ》いた。

最初は思惑どおりの展開だったが、中盤から次第に雲行きが怪しくなってきた。攻めを急いだ結果、守りは薄く、相手の攻めを防ぐのに必死な場面も何度かあった。気づくと、ハルヒと祐介の対局は終わっていた。二人がじっと倉持の対局を見つめていることから、1勝1敗だと知れた。2勝できれば、その時点でチームの勝ちが決まる。そうでない場合は自分の対局が終わっても、その場にとどまるというのが岩北高校のルールだった。

確実に一勝しなければならないというのに、どうして勝負を急いだんだという反省が反射的に湧《わ》きそうになるが、そんなことを考えている場合ではないと、気持ちを押し殺す。

今は目の前の勝負に集中しなければならない。負けたくないと、今までで一番強く思う。

辛抱強く相手の攻撃をしのぐ。相手の攻撃の手がやんだ。タマ切れになったのだ。ふうと短い息を吐く。詰みまでのチャートが頭の中で瞬時に組み上がる。後は間違えずに丁寧に寄せていくだけだ。ひとつのミスが命取りになる。秒読みが始まった。倉持は冷静さを取り戻し、ひとつひとつ相手を追いつめていく。そして、なんとか思ったとおりの展開で終局した。

疲れた。

かつてないほどの疲労感を覚えながら、試合後の感想戦に移る。感想戦とは対戦相手と二人で対局を振り返り、検討することを言う。何が良くて何が悪かったのか、冷静に振り返り、今後に活かすという意味で大事なものなのだが、今日の悪かった点は既にもう倉持には痛いほどよく分かっていた。

「初めて倉持に勝てるかと思ったのに」

先輩がからかうように言う。

「全部、分かってるんだろうけど、急ぎすぎてたよな。いつものお前の呼吸じゃなかった」

「はい」

返す言葉もなかった。

感想戦を終え、正面からハルヒ、祐介と顔を合わせる。少し顔色を取り戻した祐介と、どこか情けない顔のハルヒ。どちらが勝って、どちらが負けたのか一目で分かった。無言で頷き合う。初めて、優勝の喜びがじわっとこみ上げてきた。


試合の後、優勝を祝う身内だけの会が行われた。身内だけといっても、部員の家族も含めその人数は40人ほどになる。会場となるお店はかなり前から予約されていた。それだけ先生には自信があったのだろう。

にもかかわらず、ひやりとせずにはいられなかった決勝での自分の将棋を思い出す。まあ、自分が負けても岩北高校の優勝には変わりなかったのだけれど、危うく期待を裏切りそうになったのだという思いは、喜びでいっぱいの胸の底に冷たく横たわっていた。

会が終わり、皆、緊張が緩《ゆる》んだどこか眠そうな顔で会場を去っていく。

倉持は先生に呼び止められ、送っていくと言われた。話したいことがあるのだろうと察し、素直に車に乗る。車は比較的大柄な先生には不似合いなミニクーパーだった。先生が乗り込むと狭い車内はみっちりとつまった感じになる。倉持はさりげなく窓側に身を寄せた。

「分かってるだろうことを、くどくど言いたくはないんだが」

車を走らせてすぐ先生は切り出した。

「今日の決勝戦、どうした」

「すいません、つい」

「自分が真っ先に勝つことで、相手にプレッシャーを与えようとでも思ったんだろうけどな、結果的に負けたら意味ないだろ。団体戦で何より大事なのは自分の一勝を確実なものにすることなんだから」

「……はい」

「団体戦はワンマンプレーをする強い奴が3人いても勝てない。3人でひとつのチームだって意識が絶対に必要だ。でも、それは対局中、常に仲間を気にするということとは違うんだよ。チームの勝利のために全身全霊で目の前の勝負をすること。それが結局、一番チームのためになる」

「……はい」

「まあ、今言ったことも、もうお前は全部分かってるんだろうけどな」

先生は鼻の頭をかいて、にやっと笑った。

車内に沈黙が落ちる。夜の道路を車で走ることが珍しくて、倉持は小さい子供のように素早く通り過ぎていく窓の外の景色を眺めた。

「十分条件と必要条件って知ってるか」

先生がガムを口に放り込みながら尋ねる。最近、禁煙を始めたという先生は、頻繁にガムを嚙んでいる。

「知らないです」

「授業ではまだ習ってないだろうけど、聞いたことぐらいあるだろう。『AならばB』という命題が真である時、Aが十分条件で、Bが必要条件だっていう」

「知らないです」

食い気味に告げると、先生は苦笑した。

「なんか、お前なんでも知ってそうだから、つい。まあ、分かりやすく文章で言うと、『ビールはお酒だ』って時に、ビールが十分条件で、お酒が必要条件ってことだ。言い換えれば、お酒でなければ、ビールではない」

「なんで、ビールが出てくるんですか」

「世界で一番好きなものだからだ」

先生は真顔で答えると、話を続けた。

「優勝するチームになるための十分条件っていうのは実はそう多くないんだよ。でも、それが何かは分からない。だから、必要条件だと思われることを、片《かた》っ端《ぱし》から試していくしかないんだ」
赤信号が青信号に変わるのを待ちながら、とんとんとハンドルを指で叩く。信号が変わり、
先生は滑るように車をスタートさせた。
「俺はね、倉持、負けた時に、あれをやっておけばよかった、これをやっておけばよかった
って思うのが嫌なんだよ。負けた悔しさはあっても、あれもこれも全部やってきた結果だか
らしょうがないと思いたい。そういう風に大会を終えたいんだ」
だから、どうしろとは先生は言わなかった。だからこそ、倉持は大きな宿題を渡されたよ
うな気持ちになった。
倉持の家が近づく。窓に明かりがあるのを見て、倉持は母が珍しく家にいることに気づい
た。そういえば、今日は母が女将《おかみ》を務める小料理屋の定休日だった。どうせ、母は仕事だろ
うと思い、打ち上げのことどころか試合のこともきちんと伝えていなかった。
車の音に外に出てきた母は、本郷先生の姿に目を丸くした。先生が簡単に事情を説明する
と、少し哀《かな》しそうな顔で笑った。
「そうでしたか。この子、全然そういうこと話してくれないので」
「……忙しいかと思って」

「何言ってるの。どんなに忙しくたって、あなたのための時間が取れないはずないじゃない」

母の言うことは多分、本当だ。父が亡くなってから、母が以前よりも自分に気を遣っていることが分かる。そんなに気を遣わないで、と言いたかったけれど、それもまた母を傷つけそうで言えなかった。だから、どうしていいか分からず自然と距離を取るようになった。母はそれに気づいていて、距離を詰めようとする。踏み込もう、踏み込もうと、答えられない質問ばかりしてくる。今はのらりくらりとかわしているけれど、いつかきつい言葉を吐いてしまいそうで、それが怖かった。

先生が帰った後、母は団体戦優勝の賞状を見て、はしゃいだ声を上げた。

「すごいじゃない」

「うん」

「嬉しくないの？」

「……嬉しいよ」

「だったらもっと嬉しそうな顔しなさいよ」

母はまだ何か言いたげだったけれど、気づかなかったふりで倉持は自分の部屋に向かい、ドアを閉めて、ほっと息をつく。

疲れていたけれど、喜怒哀楽がマーブル模様のように混じり合い、自分で自分が把握できない心もとない気持ちのままでは、眠る気にもならない。

パソコンと将棋の本ぐらいしかない殺風景な部屋には、時間を潰せるようなものも見当たらず、倉持はいつものようにパソコンを立ち上げて、ネット対戦ができるサイトにアクセスした。見知らぬ人との対局に集中する。一手ごとに気持ちが濾過《ろか》され、透き通っていく。相手が投了する頃には、心はいつの間にか静かな湖面のように凪《な》いでいた。


5月の県大会から、8月の全国大会まで、時間はあるようで、なかった。倉持は自分なりに必要条件と思われることをひとつひとつこなしていった。

全国大会で対戦することになるライバルの情報を集め、対策も練った。特に力を入れたのはN高対策だ。東大進学率の高さでも知られるN高は、屈指の将棋強豪校であり、岩北高校の全国優勝を幾度となく阻《はば》んできた相手でもあった。

N高のエース・湯川《ゆかわ》は今年3年生。先生や先輩たちの手元には豊富なデータがあり、それをもとに、対策を練った。

湯川と直接対決するのは先鋒の祐介だ。攻撃的な将棋を指す湯川に対し、一手差《いってさ》を死守して、確実に勝ちにいく策が練り上げられた。

また、エースの強さが際立っているとはいえ残り二人も県大会を全勝している実力者だ。3人とも勝つつもりで挑まなければ、全敗だってありえる。日が近くなるにつれ、自然と練習は熱を帯び、遅くまで続いた。

全国大会の2週間前には夏の合宿がある。そこで全国大会に出場するメンバーはプロの棋士から最新の戦法を習うのだ。大会2週間前というのは、先生が経験の中から導き出したベストの日取りだった。この日程であれば、合宿で教わった戦法を自分のものにし、力のピークで大会を迎えることができる。十分条件を満たすため、全ては緻密に考え抜かれていた。

合宿を終え、後は戦法を磨いていくだけだと倉持が思っていると、ハルヒが「まだ足りないものがある」と言い出した。

「俺たちにはまだチーム力が足りないと思うんだよ。仲間を思う気持ちが強ければ強いほど団体戦は強くなる。そこでだ、俺たちもっと互いのことを好きになればいいんだと思う」

「男子校だからって、そういうのはちょっと」

倉持が面倒くさそうに返すと、「違うって、バカ」と結構な力で後頭部を叩かれた。

「ほら、倉持は真っ直ぐ帰っちゃうし、祐介は塾だしで、あんま一緒に遊んだこととかないじゃん。だからさ、とにかく一緒に時間を過ごすことが大事なんじゃないかと思うわけ。ほら、アイドルも最初はそんなに好きじゃないのに、何度も見ているうちに好きになってたりするでしょ。大事なのは時間なんだよ」

「遊んでる場合じゃないだろ」

冷静な祐介の指摘に、倉持も深く頷く。

「だから、別に遊ぼうとは言ってないじゃん。ただ、なるべく一緒にいようって言うの」

強く言い張るハルヒに根負けして、3人は一緒に下校するようになった。時には一緒に寄り道し、ラーメンを食べたりもした。

正直、こういう時間を持つことが団体戦に本当に役立つとは思えなかったけれど、ハルヒの満足そうな顔を見ていたら、まあ、いいかと思えた。それにこれが十分条件だって可能性も排除できない。なにより、ラーメンは食パンより断然、美味しいのだった。


全国大会の二日前のお昼頃、倉持と出場メンバーは学校の前で本郷先生を待っていた。そんなに潤沢《じゅんたく》にあるわけでもない部費を節約するため、車で行ける会場であれば、先生が運転する車で移動することになっている。今年の会場は富山県。車で8時間ほどの大移動になる。

日陰に入っていても、アスファルトが溜《た》め込んだ熱で蒸し焼きにされるようだった。お菓子を嫌というほど買い込んできたらしいハルヒは、しきりにチョコレートが溶けないかを心配している。祐介は落ち着かなげに、うろうろしている。倉持はその姿に不安を覚えた。今から緊張しているようでは、当日が思いやられる。

　白い大型のワゴン車が校内に入ってきた。運転席には本郷先生の姿がある。全員を乗せるためにレンタカーを借りたのかと思ったら、先生は自慢げに買ったのだと言う。

「6人乗っても余裕があるからな。帰りには優勝旗も積めるぞ」

「えー、先生、マジで買ったの？　奥さん怒ってなかった？　だって、部のために買ったようなものでしょ」

　ハルヒが新車らしく、曇《くも》りなく光る車体をぺたぺたと触っている。先生はその手をぐいっと捻り上げた。

「ようなものじゃない。部のために買ったんだ。それから……奥さんはちょっと怒ってた」

「やっぱ、怒ったんだ。そりゃそうだよね。将棋部と私どっちが大事なのって話だもんね。何年ローン？」

「うるさい、早く乗れ」

　先生がドアを開け、部員たちを追い立てる。倉持たちは笑いを噛み殺しながら、車に乗り込んだ。

「この車に、優勝旗、載せて帰りましょう」

　じっと黙っていた祐介が、運転席の先生に向かって、唐突に言う。その真剣な声に、みんな一瞬しんとなった。

「そうだな、こんな車まで買われちゃ、持って帰るしかないよな。まあ、俺が出るのは個人戦だけど」

内藤が言う。

「だって、この辺、明らかにスペースあるもん。優勝旗ないと埋まんないよ」

「優勝しなきゃいけない理由増えちゃったな」

部員たちの言葉に先生は頑固そうにぎゅっと結んだ口を、少しだけ緩ませた。その手放しではない喜びの表情を見た倉持は、なぜだか父親を思い出した時のような、どこか懐かしくも苦しい気持ちになった。

車内は広々としていて、冷房も十分効いている。移動は快適そのものだったけれど、8時間は長い。段々と話す話題も尽き、一人、また一人と眠りに落ちていく。倉持もしばらくうとうとしていたが、ふと目を覚まし、隣の席の祐介だけが起きていることに気づいた。

何をしているのかと思えば、夕暮れの微《かす》かな光の中で、一心不乱に詰将棋を解いている。詰将棋とは、決められた条件で連続して王手し、玉を詰ませる遊びだ。いかにして玉を詰ませるかを学ぶドリルのようなもので、終盤力を鍛えるにはうってつけの練習法と言える。

倉持は集中する祐介の手を軽く叩いた。祐介がびくっと体を強張らせる。

「脅かすなよ、倉持」

「詰将棋、いいのかよ。先生に怒られるぞ」

移動中から、大会本番まで、将棋は禁じられていた。本番前に疲れてしまっては意味がないというのが先生の考えだ。

「分かってるよ。だから、こっそりやってるんだろ」

祐介はそっと先生の様子を窺《うかが》った。反応がないことを確認し、ほっとしている。

「毎日最低50問をノルマにしてるんだ。やらないと落ち着かないんだよ」

もしかしてと倉持は思う。

「あれ、気にしてるの、先生の言ったこと」

「寄せ5級だろ。バリバリ気にしてるよ」

「……だよな。ちょっと言葉きつかったもんな」

「それは別にいいんだよ。あれぐらい言われて当然だと思う。気になったのは、自分の終盤力のなさの方。やっぱ終盤力ないと、引っくり返されたりするし、チームとしても不安だろ。県大会で、俺、全然貢献できなかったし、努力ぐらいしないと」

そう言って静かに笑むと祐介は、問題に目を落とした。軽く頷きながら、頭の中で駒を動かしているのが分かる。その潔癖そうな、張りつめた表情を見ていたら、自分でもよく分からない感情が湧いた。絶対に、本当に絶対に違うけれど、その感情に一番近い言葉は、「いとおしい」だった。

会場近くのホテルには夜ついた。目をこすりながら部員たちが口々に運転の礼を言うと、先生はぶっきらぼうに「おう」と言った。

移動の負担を考え、岩北高校では県大会の結果が出るかなり以前から、会場近くの宿泊先を手配することにしている。将棋部はその日ゆっくり休み、次の日にたっぷり自由時間を取って、リフレッシュした。また、当日朝はホテル側で6時と決まっている朝食時間をわざわざ遅らせ、睡眠時間を十分に確保する。

大会に力のピークが来るように考え抜かれたスケジュールだった。ここまで万全の態勢でサポートしてもらったら、なんの言い訳もできない。ただ勝つしかないと思った。

夜、喉の渇きを覚えた倉持は部屋を出て、廊下にある自動販売機に向かった。自動販売機の前には本郷先生が表示されたビールを睨《にら》み付けるようにして立っている。

「どうしたんですか」

「ビールを見ている」

「飲まないんですか」

「大会が終わるまで、酒を断つと決めている」

だったら、なんで穴が開くほど見つめていたんだと可笑しくて、噴き出すと、先生はじろっと倉持を睨み付けた。

「お茶でいいか」

頷くと、自分の分もお茶のペットボトルを買って、一本を倉持に放る。慌てて受け取ろうとしたが、取り落とした。

「鈍臭いな」

「運動とか全然ダメなんで」

先生が喉を鳴らしてお茶を飲む。倉持も立ったままお茶を口にした。思っていた以上に喉が渇いていたようで、すぐさま吸収されていくのが分かる。

「優勝な」

先生がボソッと言った。

「俺は本気でできると思ってるんだ。倉持、ハルヒ、祐介の3人だけで戦うわけじゃないからだ。3人だけの同好会から始まって、14年。少しずつ少しずつ積み上げてきた経験とデータと思いが、お前たちには託されてる。団体戦は一人の勝敗が3人の勝敗だと言ったけどな。本当は一人の勝敗は部員、ＯＢを含めた２００人の勝敗なんだと俺は思う」

「……そんな怖いこと言わないでくださいよ」

倉持がため息交じりに言う。

県大会の前に感じた怖さとは、明らかに種類の違う怖さを漠然と感じていた。

「怖いか。それはよかった」

「よくないですよ。プレッシャーで死にそうです」

「お前はそういうタイプじゃないだろう」

「そう……ですかね」

「それに、怖いってことはそれだけ大切だってことだ。どうでもよくないってことだ。人間どうでもいいものには本気になれないからな。やっぱり、いいことだよ、怖いってのは」

先生はお茶を一気に飲み干すと、離れたゴミ箱にペットボトルを放り投げようとしかけたのをやめ、歩み寄って丁寧に捨てた。

「200人分の勝利、しっかりしょって、しっかり戦って、俺に美味しいビールを飲ませてくれ」

早く寝ろよと言い残して先生は去っていく。去り際、先生が肩に置いた手がずしりと重たかった。

大会の朝、先生の車で会場入りした岩北高校のメンバーは皆一様にすっきりとした顔をしていた。ただ、一人祐介だけが眠そうな顔をしている。きっと遅くまで詰将棋をしていたのだろうと倉持は内心舌打ちをする。強く止めておくべきだったか。しかし、もういまさら後悔してもしょうがない。

会場は大きな体育館のような場所だった。がらんと広いスペースに椅子と机が整然と並べられている。会場の周囲を一段高い観客席がぐるりと取り囲んでいて、選手以外の関係者は基本的にそこから観戦することになっていた。各校の指導者は双眼鏡を駆使して、後に対戦するライバル校のデータを取るということもあるらしい。それだけ皆、必死なのだ。

会場の隅に固まっている全員眼鏡の集団を見て、内藤が「N高だ」と囁いた。

そう言われてみれば、皆、いかにも頭がよさそうに見える。

「いくら、N高が頭いいって言ってもさ、進学クラスとそう変わんないでしょ」

ハルヒの言葉に祐介は首を振った。

「いや、N高の偏差値って確か全国一位だぞ。79ぐらいあったと思う。進学クラスとも20近く違うな」

「マジで。そんな違うの。進学クラスってすごいのに、それよりすごいってN高ってすごくない」

語彙《ごい》が少なすぎるハルヒの言葉に内藤は苦笑する。

「彼らの1科目の点数とお前の5科目合計がいい勝負かもな」

「マジでそれは否定できない」

その時、倉持たちの視線に気がついたのだろう、N高の生徒の一人がこっちに歩み寄ってきた。N高のエース・湯川だ。黒縁の眼鏡にチェックのシャツ。嘘くさいぐらい、優等生らしさが滲《にじ》み出ている。彼は爽《さわ》やかに笑うと、皆に軽く頭を下げた。

「皆さん、岩北高校でしょう。今年も多分、決勝であたると思いますが、よろしくお願いします」

さらりとした口調だが、言葉には自信が漲《みなぎ》っていた。

「将棋しかしていないような人たちには、負けませんから。それでは」

宣戦布告だ、と祐介が呟く。

偏差値が高いだけの人たちには負けたくないと反射的に思って、そんな自分にぎょっとした。自分にこんな風に好戦的な部分があるなんて知らなかった。自分が自分じゃないみたいで、戸惑いながらも面白く、心をじっと覗き込んでいるうちに、開会式が終わっていた。

「今まで将棋は頭脳戦であり、頭のいい学校が勝って当たり前だと言われてきた。その常識をぶち破ってこい」

本郷先生の短い言葉に送り出されて、倉持たちは予選トーナメントに臨んだ。お昼をはさみ4回の予選を戦い、全て3－0の快勝。心配された祐介の寝不足の影響も特には感じられず、危なげなく彼らは予選を突破した。

あと、3試合。3チームを破れば、岩北高校悲願の優勝に手が届く。

一方のN高もちゃくちゃくと勝ち上がっていた。トーナメントの配置的にN高とぶつかるのは決勝戦だ。何度も対策を練ってきた相手だ。予想外の相手と対局するよりも心の準備はできているはずなのだが、オーダー順により湯川と当たる祐介は一人青ざめた顔をしている。

「エース対策、何度もしただろ」

倉持がそう言っても、祐介は心もとなげに頷くばかりだ。倉持とハルヒが同時に背中を叩くと、祐介は「いっ」と呻《うめ》いて、ほんの少しだけましな顔になった。

2チームとの戦いを制し、とうとう決勝戦へと駒を進める。決勝戦の相手は予想通りN高となった。副将を務める倉持の前に座ったのは、両頬《りょうほほ》のニキビが幼い印象を与える1年生・墨田《すみだ》だった。彼は高校前の大会にも出場記録がなく、対策を立てようにもほとんどデータがない選手だった。

「よろしくお願いします」

礼をし、指し始めてすぐ、くせのないきれいな将棋を指すんだなと倉持は感じた。定跡どおりに相手の出方に応じて一番素直な手を指してくる。二人の対局には共同で何かひとつのものを作ろうとしているような、阿吽《あうん》の呼吸さえ感じられた。

先手の墨田は居飛車。後手の倉持はいつもの居飛車ではなく、四間飛車を選んだ。お互い丁寧な駒組《こまぐ》みをしており、急戦の気配はない。二人は互いに穴熊《あなぐま》を選んだ。**玉**を隅に匿《かくま》い、**金銀**を使って守る、最も堅いと言われる囲い方だ。お互い自軍をしっかりと固めたことにより、そろそろ本格的な切り合いが始まりそうな気配が漂う。

倉持はちらっと両隣のハルヒと祐介の盤面に目を走らせた。自分の勝負にだけ集中しろと言われても、気になるものは気になる。

一目で両者の形勢不利を見てとって、倉持は長い息を吐いた。焦らないこと。自分の仕事はこの一勝を確実にすることだ。

交換した**角**を、**4九角**と打ち込み、攻め込む。相手は次に取られそうになっている**金**を引くだろうと予想していたが、攻撃の要となる**銀**の前に**5五歩**と打ち込まれて少し驚いた。**5五**には**角**が効いているので、取ることもできない。**銀**の自由を奪う鋭い一手だった。

そのままの勢いで墨田は、倉持の陣を果敢に攻め立てる。堅いと言われる穴熊だが、端から攻められると意外と弱いものだ。墨田は**歩**を使い、一枚一枚囲いをはぎ取っていく。しかし、相手の手駒からして十分受け切れると踏んだ倉持は決して焦らなかった。ひとつひとつ丁寧に、まるで爆弾処理班のような忍耐力と判断力で受け切る。

相手の表情に焦りの色が浮かび始めた。

ここでまたハルヒの盤を見る。あと数手で詰むという絶望的な状況だった。一方、祐介は善戦しており、一目では有利不利の判断はできない複雑な展開だ。

鋭い息を吐いて、気持ちを入れ替える。今度はこちらが攻め込む番だ。**龍王**や**と金**で囲いを薄くした後、持ち駒の**金**を7八**金**と打ち込む。相手は**玉**も動かして必死に受けるが、こちらも駒を補充し攻めをとぎらせない。形勢はもはや明らかだったが、団体戦だということもあるのだろう、墨田は完全に詰みの状態になるまで、指し続けた。

「参りました」

声が震えていた。

「……途中、もう、ダメだと思ったんですけど、一秒でも長く指していたくて」

そう言って悔しそうに笑む。この選手は強くなるだろうと感じた。

感想戦を手短かに終え、立ち上がる。祐介の対局はまだ続いていた。局面は終盤に入り、混沌としていた。どちらも寄せに入っており、どちらにも勝機がある。

既にお互い秒読みに入っているため、展開はさらに読みづらい状況だった。

食い入るように盤面を見つめる倉持の左肩に、ハルヒがぐっと体重を預けてきた。

「俺負けちゃった」

「知ってるよ」

素っ気なく答える。

いつもなら重いと振り払うところだけれど、弱っているのがその重みから伝わってきたので、好きにさせておいた。

ピッピッピッという対局時計の秒を刻む音が焦燥感を掻《か》き立てる。考える時間はゼロに等しいはずだ。互いに本能だけで激しく指し合っている。どちらの手もぶるぶると震えている。駒を放り、対局時計を叩き潰すほどの勢いで押す。

一手ごとに形勢が変わる。祐介は即詰みのチャンスを逃した。声が出そうになるのを必死でこらえる。もどかしかった。

ふと横を見ると、先生が立っていた。鬼の形相で見守っている。成果を見せろよと倉持は思う。寄せ5級が悔しくて、寝不足になってまで詰将棋をしたんだろ、と。

気づくと手を組んで、祈っていた。ハルヒも祈っている。

相手の**玉**までもう一歩。しかし、相手の駒も祐介の**玉**に肉薄《にくはく》している。

「参りました」

投了したのは、N高のエース・湯川だった。釈然としないといった顔で、じっと盤面を見ている。

祐介が振り返って、二人の姿を探す。祐介は既に少し泣いていた。フライングにもほどがあるだろと可笑しくて、笑う。組んだままになっていた手をほどくと、強張った指が細かく震えていた。

第三章　昨日より強く

将棋部の壁に貼られた掲示物に、「岩北高校、全国制覇！」の文字が躍る。鮮やかな水色と赤が印象的なスポーツ新聞風の貼り紙は、本郷先生が作ったものだ。

8月の全国大会を終え、倉持、ハルヒ、祐介は部員を前に優勝報告をした。優勝旗を手にした彼らの姿は、まるで凱旋《がいせん》した英雄のように見える。拍手をしながら歩は、自分が彼らを引き立てる脇役になったような、小さな、しかし、鋭い嫉妬《しっと》を覚えた。

5月の県大会において、切れ負けという形で負けてしまったショックはまだ尾を引いていた。あの日倉持に告げたように、「一回間違えたんだから、もう間違えない」と前を向く気持ちもある。

しかし、おろおろとただ相手を待っていた自分を思い返すと、しゃがみ込んで頭を抱えたくなった。勝手に相手が席を立ったというのに、どうして、自分はじっと待っていたのだろうと今でも考えるけれど、ただ、びっくりして、どうしていいか分からなかったというのが正直なところだ。何よりの後悔は倉持にトイレで泣いているところを見られたことだった。倉持にだけは見られたくなかった。情けないところを見られるぐらいなら、まったく視界に入らない方がまだマシだと思った。

夏が過ぎ、3年生が引退した将棋部の部室は少し広く見える。入部してから5か月ほどが経つというのに、歩の将棋は一向にうまくならなかった。先輩や先生から**玉**の守り方から攻め方まで基本的なことを習い、歩は愚直《ぐちょく》なほど忠実にそれを実践しているつもりだった。

しかし、勝てない。教えられたとおりにやろうとしても、相手が教わったのとは違う行動に出たら途端にパニックになって、どうしていいか分からなくなってしまう。定跡を丸暗記しているから対処できないのだと、先輩たちから指摘を受けた。

だから、どうしてその手が最善なのか、ひとつひとつ考えながら覚えるようにした。それでもだめなのだった。定跡から外れ、よく知らない展開になると、突然地図を取り上げられたように、途方にくれてしまう。

一方で春久は入部当初のやる気をすっかり失い、定跡の勉強をする様子もなく、梶とつるんで、ふざけてばかりいた。普通クラスが将棋部に入るなんて馬鹿だと散々絡んできた梶だが、なんのことはない、本当は自分も入りたかったのだ。6月になって、しれっとした顔で入部してきた。

中学時代は引きこもりだったとなぜか自慢げに吹聴《ふいちょう》して回る梶は、ネット対局でその腕を磨いたそうで、実際、全国大会出場者とも互角に戦った。

春久は最初、梶の存在をうるさがっていた。しかし、祐介に突っかかっては、軽くあしらわれるということを何度も繰り返すうちに、どこか拗《す》ねたような雰囲気を漂わせるようになり、それとともに段々と梶とつるむようになった。部室の隅で時に奇声のような笑い声を上げる彼らは、部の中で少し浮いていた。

一緒に入部したはずなのに、と寂しく思う気持ちもあったし、梶のようなタイプが一番嫌いだと言っていたのにと不可解に思う気持ちもあったが、そんな子供っぽいことを言ってもしょうがない。もともと「種類」が違う人だったじゃないかと自分を納得させ、歩は自然と違う部員と過ごすようになっていった。

歩が仲良くなったのは、幅大介《はばだいすけ》というぽっちゃりした体型の2年生だった。

「幅が大で覚えやすいでしょ」

そう言ってニコニコと笑う彼はいかにも人がよさそうで、歩は一目で好感を持った。

いつも穏やかな幅だが、付き合い出してみると意外と頑固な面が見えてきた。そのひとつの例が扇子だ。

プロの棋士はよく扇子を持っているが、あれは動かしたり音を立てたりすることで、思考を活性化させるためだと言われている。部活でも扇子を持つ先輩は何人もいて、思考にふけりながら、扇子をはじく仕草はいかにも格好よく、将棋を始めたばかりの歩もほのかな憧れを抱いていた。

しかし、やはり強い人が持つからこそ様になるというもの。実際、部でも扇子を持っているのはほぼA級の実力を持った人間だった。その暗黙のルールを破ったのが幅だ。個人戦C級にしか出たことのない幅だが、周りがどんなに冷やかそうとも、1年の頃から扇子を愛用し続けた。扇子を自在に操る、妙な風格を備えたその姿から、幅はいつしか、名人とあだ名されるようになっていた。

名人の戦法は居飛車だった。特に穴熊を偏愛しており、相手が振り飛車を選ぶと、すわチャンスとばかりに嬉々として穴熊に囲う。その絶対的な堅さを武器に、攻めて攻めて攻めまくる、前のめりな攻撃を得意としていた。しかし、相手も居飛車の場合は、上からの攻めに弱い穴熊は不利になる。同じ居飛車党の歩と指す際には、いかにも、しぶしぶといった様子で、上の守りが厚い矢倉《やぐら》に囲っていくのが常だった。

「歩、振り飛車党に転向しない？」

名人は対局する度、ねだるように言う。しかし、歩に戦法を変えるつもりはなかった。ようやく矢倉を何も見ずに基本どおりの形に組めるようになったばかりだ。また、違う戦法をゼロから学ぶ気にはなれなかった。

とはいえ、今の歩の戦法も完成度からすると、ほぼゼロに等しい。最初になんとか教えられたとおりの形を作ることができても、中盤以降、しっかりした構想もない歩の将棋は、一切、攻めの形を作れず、終始、受け身にならざるを得なかった。

何度、名人と対局しても、彼のがむしゃらな攻めに対応するので手一杯になってしまう。判で押したような結果が続くことにもっと焦らなければならないのに、どこか、受け身になることに甘んじている部分があった。相手の攻めに応じている間は、何をすればいいか分からないという状態に陥らなくて済む。そんな風に現状を受け入れてしまっている自分に歩は薄々気づいていた。だからこそ、意識して定跡の勉強は熱心にやった。一番遅くまで残り、最後の片づけをして部室を出るのは、いつも歩と名人だった。

40代ぐらいの男性が腕を組んで唸っている。たっぷり3分は唸り続けた後、大きく舌打ちをすると、男は「あーあ、負けだ」と呟いた。

「ありがとうございました」

祐介がにこやかに礼を言う。

「参ったね、俺、アマチュア初段なんだけどね」

男は頭をかきながら足早に部室を後にする。去り際、入り口の「挑戦者求む！　日本一の高校生にあなたは勝てるか！」と書かれた貼り紙を見て、もう一度舌打ちをした。

今、岩北高校は文化祭の真っ最中だった。女子と出会うチャンスとばかりに、客を呼び込むテンションの高い声がこだまする中、将棋部の一角だけは、いつもとさほど変わらぬ静けさを保っていた。

将棋部の企画は、「将棋部に挑戦」というシンプルなものだ。それでも、日本一の効果か、生徒やその親などが途絶えることなく、訪れていた。基本的に相手をするのはA級の部員。歩は人が足りない時の、いわば予備の人員として部室に控えていた。

「初段って、ペーパーだよね」

「多分。でも、高校生ぐらいわけないっていってなめてかかってたんだろ」

祐介とハルヒがひそひそと話している。アマチュアの段位は基本、段位獲得戦などの大会に優勝することで得られる。参加者のうちたった一人しか認められないという大変貴重なものなのだが、新聞や雑誌の問題を解くことで免状を得ることもでき、それらはペーパーと呼ばれ、区別されていた。同じ初段でも、実際は大きく実力が異なるからだ。

今の男性もペーパー初段だと二人は言うのだが、歩の目には十分強く見えた。自分が相手をしたら、完全に負けていただろうと思いながら、隣の机に目を移す。

梶が小学生を相手に対局を始めたところだった。駒の動きを覚えたばかりの子供のようだ。もちろん、だいぶハンデをつけて始めたのだが、梶がどんどん駒を奪っていったことで、駒の数はすぐに逆転してしまった。歩は見ていて、まるで山賊のようだと思った。梶は明らかに勝つことよりも、相手の身ぐるみをはぐことを楽しんでいた。

「……参りました」

蚊の鳴くような声で呟く子供の陣にあるのは、玉と2枚の歩だけ。滅亡する小国を見るようで胸が痛くなる光景だった。

子供は唇を嚙んで盤を見つめていたが、やがて声を殺して泣き出した。気まずい雰囲気が広がる。しかし、当の本人はまったく悪びれることなく、へらへらと笑って、子供の頭を撫でた。

「悔しいか。だったら、もっと強くなることだな」

子供は余計に泣きわめき、心配そうな表情の母親に抱きかかえられるように連れていかれた。

「梶……今のちょっとやりすぎじゃない」

横で見ていた春久の言葉に、梶は眉を跳ね上げる。

「なんだよ。わざと負けてやれとでも言うのかよ」

「そうじゃないけどさ。でも、泣かすって」

「いやいや、子供だからって、手加減する方が失礼ってもんだろ」

最近分かってきたことだが、梶の言動に悪気はない。よかれと思ってやっていることも多い。問題は相手の気持ちを考えるということ自体考えていない点だ。自分がそう思うのだから、という一点張りで、相手が自分とは違う考えを持っているとはまったく考えない。だから、無暗に自信にあふれていて、無暗に人をイラつかせ、傷つける。

まだ、部室には気まずい空気が残っている。祐介やハルヒはあからさまに梶を避けていた。歩もこっそり梶と春久から距離を置く。祐介たちに交じるのも気が引けたけれど、今は梶たちに交じりたくはなかった。

「こんにちは」

だらしなく座っていたはずの梶がいつの間にか立ち上がって客を迎えている。新しい客は、不安げな表情の少女だった。中学生だろうか、固く編んだ三つ編みと紺色のワンピースが大人しい印象を与える。繊細な顔立ちの美しい少女だった。

「対局ですか？　将棋は知ってます？　よかったら一から教えましょうか？」

梶が矢継ぎ早に尋ねる。少女は横に首を振った。

「あの……倉持さんは、今日はいらっしゃらないんですか？」

「倉持っすか？」

梶は途端に不機嫌な声を出す。

「あいつ、いませんよ」

割って入ったハルヒに対し、少女はこくりと頷く。

「倉持に用があるの？」

「そう。あいつ、今、クラスの方にいると思うから、呼んでくるよ。待ってて」

ハルヒはそう言うと、すぐに駆け出していった。待つ間、少女はいくら椅子を勧めても座ろうとせず、硬い表情で立ち尽くしていた。

走り通しだったのだろう、ハルヒは15分もしないうちに、倉持を連れて戻ってきた。クラスのお化け屋敷でお化け役として待機中だったという倉持は、黒いタキシードにマントというドラキュラの扮装《ふんそう》をしていた。口元には血のりではなく、よだれの跡がある。段ボール製の棺桶《かんおけ》の中で熟睡していたところを、叩き起こして連れてきたのだという。

よだれをごしごしと無造作に手の甲で拭いながら、倉持は少女と向き合った。

「用って、なんですか」

少女は倉持の顔をちらりと見ると、うつむいてしばらくじっと黙っていた。

「あのー、俺に用があるんですよね」

「……将棋。私と将棋してください」

少女はためらった末にそう言った。

「はあ、まあいいですけど」

倉持はマントをずりずりと引き摺《ず》りながら、席につく。少女もそっと椅子を引いて、座った。

「ハンデ、どうします？」

倉持に聞かれ、少女は「平手でお願いします」と答えた。盤を前にしてから、少女は少ししっかりとした顔つきになった。

「よろしくお願いします」

彼女の将棋は定跡をある程度勉強したことが窺えるものだった。玉の囲いもしっかりしているし、駒のさばき方も手慣れている。しかし、倉持の相手ではなく、じわじわと劣勢になり、そのまま自然と蠟燭《ろうそく》の火が消えるように負けていった。

「ありがとうございました」

頭を深く下げた少女はふっと笑んだ。

「やっぱり、強いですね」

「そっちも……将棋やってるの？」

「……はい。あの……」

何かを言いかけた少女は、しばらく黙り込み、唐突に勢いよく立ち上がった。

「本当にありがとうございました」

もう一度倉持に頭を下げると、一瞬唇をギュッと噛んで、走るように部室から出ていってしまった。

少女の足音が聞こえなくなるまで、部室の全員が気配を殺し、じっと耳を澄ましていた。

「倉持、今の誰よ」

ハルヒが倉持の肩に腕を回す。

「知らないよ」

倉持はうるさそうに腕を外す。

「ほんとに知らないの？　あの子、ずっと何か言いたそうにしてたじゃん。俺、今にもあの子が告白するんじゃないかってどきどきしてたよ」

「な、俺も告白しかないと思った」

ハルヒと祐介が頷き合う。倉持は鼻を鳴らした。

「もう、いいか。俺、クラスに戻んないと」

「おう。途中、さっきの子が待ち伏せしてるかもしれないぞ。告白されたらちゃんと教えろよな」

ハルヒの言葉に、倉持は「馬鹿馬鹿しい」と気だるげに言うと、部室から出ていった。

ハルヒと祐介は駒を片づけながら、将棋とモテとの関連性というテーマでああでもないこうでもないと話し合っている。

「やっぱさ、将棋が強いとモテるのかな」

ハルヒが真剣な顔で言う。

「さあな。俺はそんな話聞いたことないけど。倉持ぐらい強かったら違うのかもね」

「サッカー部とか入る奴ってやっぱりモテたいって気持ちがあると思うんだよ。偏見かもしれないけど。でもさ、モテたくて、将棋始めるってないよね」

「ないない。だよな、歩」

突然、祐介に振られて、歩はどぎまぎした。自分を会話の輪の中に入れてくれていたとは思わなかったのだ。

「……そう、だね。俺、あんまりそういうこと考えたことなくて」

「だよなあ」

面白みのないことしか言えなかったのに、ハルヒが力強く相槌《あいづち》を打ってくれたので、ほっとした。

「お前、マジで来たのかよ」

梶の大声に視線を向け、歩は凍りついた。そこにいたのは、中学時代のバレー部の先輩だった。自分を「的《まと》」にして、スパイクをぶつけることを「練習」だと言った相手だった。もう2年が経っているというのに、彼を見た瞬間、今にも砕け散りそうな思いをこらえつつ、必死に笑って、全てを冗談にしようとしていたあの頃の自分が鮮明に思い出された。先輩に背を向けて、息を殺す。先輩が立ち去ると、どっと力が抜けた。

よかった。

そう思った次の瞬間、近づいてきた梶が、部室中に届く声で、「お前いじめられてたんだって」と言った。

消えたいと思った。

「さっきの奴と部活一緒だったんだろ。俺、あいつと幼馴染でさ。なんか、すげえいじめたこと後悔してるって言ってた。悪かったたって伝えてくれって」

「……お前、何言ってんの」

珍しく険のある低い声で祐介が言う。

「何って、伝えてくれって言われたから伝えてるだけだろ」

やっぱり、梶に悪びれた様子はない。

「ったく、なんなんだよ、お前。ちょっと来い」

祐介は強引に梶の腕を引き、廊下に連れ出す。茫然《ぼうぜん》とその様子を見ていた歩の前に、ハルヒがすとんと座った。

「歩、暇だし、将棋やろうか」

のんびりとした口調で言うと、ハルヒはにっこりと笑った。駒を並べる音で、歩はやっと体の自由を取り戻す。

戻ってきた祐介が黙って、隣の椅子に座る。梶は戻ってこない。

二人が何も言わないでそばにいてくれることが、ありがたかった。誰かが味方になってくれたという感覚も、泣きそうなほど嬉しい。でも、同時に、ただ昔のように薄ら笑いを浮かべることしかできないでいる自分が嫌でたまらなかった。

次の日の朝、歩は久しぶりに重い腹痛を感じた。中学生の頃はしょっちゅうだったけれど、高校に入ってからは初めてだった。明らかに、昨日のことが原因だった。

梶に会いたくない。そう思っていたら、校門に立っていたので、思わず立ち止まった。足早に通り過ぎようとして、腕を摑《つか》まれる。

「ちょっと来て」

そう言われ、何をされるのかと恐怖すら感じたが、振り払うこともできずついていく。梶は人気《ひとけ》のない校舎裏まで来ると、手を放した。

「ごめん」

梶はがばっと頭を下げた。

「昨日、部室でのこと、謝る。俺としては、ただあいつの伝言伝えなきゃって思ってただけだったんだけど、でも、祐介とかハルヒとかに、みんなの前で、いじめられてたとか言うもんじゃないとかすごい言われて」

謝るなら、校舎裏でというのも祐介の指示だったらしい。梶のことだから、クラスのみんなの前で昨日と同じように「元いじめられっ子」のレッテルを貼りかねないと危惧《きぐ》したのだろう。

どうも、梶はまだ何が悪かったのかよくは分かっていないようだった。ただ、みんなに責められたことで、もしかしたら自分も悪いのかもしれないと、しぶしぶ謝っているのだ。だから、自然とその口調は言い訳じみてきた。

「悪いとは思うよ。けどさ、歩も気にしすぎだと思うんだよね。俺、ほら、元引きこもりだろ。でも、別に過去のことだから、いいって思ってるんだよ。だから、どんどん自分から言ってるし。だってさ、過去を否定したってしょうがないでしょ」

「……否定はしてないよ。でも、僕は自信満々にみんなに披露したいとは思えない」

「そうやって一生引き摺っていくのかよ。もっと、自信持って乗り越えろよ」

謝罪のはずが、いつの間にか説教になっていた。

「……自信なんてないよ」

「自信持てよ」

「そんな、簡単なことじゃないよ。持とうと思って持てたら、苦労しないよ」

「……めんどくせえな、お前」

そう口走って、梶は顔をしかめた。

「あ、今の違うからな。お前みたいに生きていくのって大変そうだなーって意味だからな。はあ、日本語って苦手だわ。とにかく、謝ったから。部活ちゃんと来いよな」

言うだけ言って、梶は歩を残して、立ち去ってしまう。あまりにめちゃくちゃで謝罪になっていなかったけれど、だからこそかえって、もういいやと思った。

後生大事に隠し持っていた痛み。こじ開けられたことで、久しぶりにちゃんと直視してみたら、痛いことは痛いけれど、昔ほど鋭い痛みではなくなっていた。

そう思えたことを、梶に感謝する気持ちもないけれど、でも、もういいやと思った。

教室に行くと、梶は素知らぬ顔で漫画を読んでいた。しかし、歩の様子をちらりちらりと気にしている。憎み切れない奴だなと思う。苦手だけれど、憎めない。

「部活行くよな」

春久が声をかける。ああ、春久も気にしてくれていたんだと思う。放課後にはわざわざ名人が偶然を装って迎えに来た。

みんな、優しいなあと思う。優しすぎて少し苦しかった。

名人と部活に向かいながら、「自信持てよ」という梶の言葉を思い出す。将棋が強くなったら、自信が持てるような気がした。しかし、自信がなければ、将棋が強くならないようにも思う。卵が先か鶏が先かという問題のように、とっかかりすら分からない。やっぱり、自信なんて、自分にはまだまだ手が届きそうになかった。

文化祭が終わると、すぐにテスト期間となった。岩北高校では9月に前期の期末試験が行われる。中間試験の時には、クラスの後ろから数えた方が早いという散々な結果だった歩としては、なんとか平均以上の点数は取りたいと意気込んでいた。

岩北高校将棋部に赤点なしという言葉がある。本郷先生がかなり以前にOBに対して言った言葉らしいのだが、本当にこれまで一人も赤点をマークしたものは部にいないのだという。それを名人に聞いて、歩はプレッシャーを感じた。自分が最初のその一人になるわけにはいかない。先生や先輩、将棋部を落胆させるかもしれないと考えただけで、胸の奥がきゅっと縮まった。

名人は昨年のテスト問題と本郷先生から教わったという勉強法を授けてくれた。その勉強法とはこうだ。まずテスト問題を普通に解き、答えをチェックする。次に間違った問題だけを解き、答えをチェックする。それを繰り返すことで、自然と自分が苦手とする問題が残り、苦手を克服できるというのだ。

実際、テスト範囲の教科書に蛍光ペンでアンダーラインを引きまくり、結果、ほぼ丸暗記に挑むはめとなった従来の勉強法と比べると、格段に問題を解く力がついていくのが感じられた。

結果、下から数えた方が早かった成績が、真ん中より上になった。普通になったということだけれど、自分としては快挙と言っていい。

母親も手放しで喜び、夕食のテーブルには歩の好物ばかりを並べた。ミートボールやら、甘めのカレーなど並ぶのは子供の頃好きだったものばかりで、今の歩の好みとは少しずれている。小さな子供の頃からずっと変わらないと思われているようで、少し複雑な気持ちになったけれど、気持ちが嬉しくて、いつもよりたくさん食べた。

食事の後、歩は祖父と将棋を指すため、祖父の部屋に移動した。それまでも時々、一緒に対局していたけれど、テスト期間中は部活動が禁じられていることもあり、毎晩１局は必ず将棋を指すようになっていた。１週間も完全に将棋から離れてしまったら、自分はいろんなことを簡単に忘れてしまうような漠然とした怖さがあった。

祖父の部屋はいつもすっきりと片づいていて、お香のような独特の香りがする。歩は祖父の後について部屋に入ると、祖父自慢の将棋盤の前に座った。脚付きの立派な将棋盤。祖父に言われて使うようになったが、使う度、立派すぎて落ち着かなかった。まだ、自分はプラスチックの将棋セットの方が気楽でいい。

「駒割《こまわり》はどうする」

「飛車角落《ひしゃかくお》ちでどう？」

歩の言葉に、祖父はほとんど毛のない頭をつるりと撫でた。

「飛車角落ちというと、6級差だぞ。そろそろ**角**はあってもいいだろう」

「でも……まだ、飛車角落ちでおじいちゃんにちゃんと勝ててないし」

「お前、**角**が苦手だろう」

図星だった。**飛車**も怖いけれど、警戒し、備えることはできる。でも、**角**は違う。斜めに動く**角**は、暗闇から突如現れ喉元に食いつく獰猛《どうもう》なドーベルマンのような怖さがあった。まだ自分の動かしている駒の周りにしか注意が届かないこともあり、遠くから突然目の前に現れる**角**は、歩にとって本当に恐ろしいものだった。

「苦手だからこそ、克服しなきゃ」

テスト勉強と同じだ。できる問題ばかりを繰り返していたってしょうがない。できない問題ができるようにならなければ点数は上がらない。それは歩にもよく分かっていた。

「僕だってさ、そう思って、勉強したんだよ。角をどう処理するかって定跡をいろいろ調べて、覚えようとした。でも、実際になると全然違うし、そもそも定跡ってキリがないっていうか。こうしたらこうなるってパターンが無限にある感じで、茫然としちゃってさ。こんなの無理じゃんって」

歩はため息をついた。祖父はそんな歩をどこか嬉しそうにじっと見つめる。

「亡羊《ぼうよう》の嘆《たん》って言葉を知ってるか」

「知らない。何それ」

「中国の『列士《れつし》』という本にこんなお話があるんだ。ある村で羊が逃げ出し、村人総出で追い掛け回した。しかし、あまりにも分かれ道が多すぎて、結局捕まえ損ねてしまった。それを聞いた楊朱《ようしゅ》という昔の思想家が『学者も同じだ』と言ったそうだ」

「……ええと、つまり、どういうこと？」

「学問っていうのはそれだけ複雑だってことだ。真理という羊を追いかけて、何度も何度も道を選んでいるうちに見失ってしまったりする。将棋も一緒だ。勝利という羊を追いかけて、みんな複雑な道を迷いながら必死に歩いている」

「よく分かんないけど、それって……結局、定跡って無駄だってことじゃないの。だって羊は捕まらなかったんだよね」

「いや、そうじゃない。考えてもみろ、歩、盛岡にいる羊と、京都にいる羊とどっちがお前にとって捜しやすいと思う」

「盛岡？」

「どうしてそう思った」

「一応、道も知ってるし。京都だと、羊を捜す前に自分が迷子になりそうで」

「そう、そこだよ！」

祖父は満足そうな顔で頷く。

「知ってる場所の方が、単純に捜しやすい。将棋も同じことだ。定跡を覚えるってことは、知っている場所を増やすということだ。知れば知るほど、楽に羊を捜索できる場所が増える。そういうことだ」

なんとなくイメージは分かった。途方もないことに挑まなければならないのだと、ただただその奥深さに戦《おのの》いていたけれど、遠くばかり見て絶望していたってしょうがない。少しずつ自分が歩ける範囲を広げていこうと思った。本当に、数歩ずつでも。

祖父との対局は結局、飛車落ちで指すことになった。**角**を怖がるあまり、消極的になりすぎた歩は、何度も祖父の奇襲に翻弄された。なんとか防ぎ切り、反撃すべき場面になっても、もうとっくに歩の知る定跡からは外れてしまっていて、どう攻めていいかも分からない。歩は一度上げた飛車を、次の手でもとに戻した。自分でもさすがに疑問を覚えざるを得ない動きだったが、歩の投了後、当然のように祖父からダメ出しをされた。

「一手損かどうかを気にして皆が駒を動かしてるというのに、自ら二手も無駄にするなんて。一歩進んで二歩下がっているようじゃ、ダメだぞ。消極的すぎる」

「……うん」

「お前は、あれだな、定跡なんかも大事だが、もっと自信を持って指した方がいい」

黙って頷いて、盤面を目の奥が痛くなるほど凝視する。

また、自信か、と思った。

秋が深まるにつれ、日が落ちる時間は加速度的に早まっていったけれど、歩は遅くまで部室に残り続けた。

10月末の、1、2年生が出場する新人大会で少しでもいい成績を残し、自信に繋げたい。皆が持て、持てという自信を得る方法が、歩には他に思いつかなかった。

歩が出場するのは個人戦C級。部の中では名人、春久もC級だった。

「うちの部はさ、みんなが強すぎるから勝てないんだよ。他の高校の将棋部はC級でもいろんな強さの人がいるし、俺だってC級ではそこそこ勝ってるんだよ」

名人はそう言って胸を張り、今年はC級で優勝するのが目標なのだと言った。優勝なんて考えてもみなかった。歩は急に名人との差を感じた。しかし、一方で自分でも勝てるかもしれないという期待も膨《ふく》らむ。優勝とは言わないまでも、賞状に手が届いたらどんなにいいだろう。

歩は家に帰ってからもほとんどの時間を将棋の勉強にあてた。祖父のために自分がかつてスクラップした新聞や雑誌の棋譜《きふ》を並べ、そこから学び取っていく。昔の棋譜の中に、中学生時代の倉持の棋譜を発見した時には興奮した。倉持になりきって、駒を動かすのは、自分が強くなったように錯覚でき、単純に気分がよかった。歩は繰り返しその棋譜を並べた。勉強という本来の目的と違っているのは分かっていたけれど、倉持の強さが少しでも自分の中に入り込めばいいのにと思った。

大会当日の朝、B級とC級の大きな会場は出場者たちのおしゃべりと駒音で騒がしかった。大会の出場者は全部で約150人。そのうちの半数以上がC級だ。A級出場者が半数を占める岩北高校が特殊なのであって、エースただ一人がA級に挑むという学校も少なくなかった。指定された机につき、向かい合った生徒を見て、歩は内心落胆した。メガネをかけたいかにも真面目そうなその生徒は、自分より強そうに見える。話が違うと名人に心の中でクレームをつけながら、対局を始める。

序盤で歩はあれっと思った。相手は前に前にと攻めてくるばかりで、玉を囲おうともしない。それどころか、最初の位置にどんとあるままだ。岩北高校では居玉《いぎょく》、つまり玉を動かさないことは詰められやすいのでダメだと、徹底的に教え込まれる。だから、その妙に堂々と中央にある玉が異様に見えた。守り方を教わっていないのか、それともこれが戦法なのか、歩は測りかねた。歩が指すたびに、「まあ、そう来るでしょうな」と言わんばかりの顔でうんうんと2回頷くので、余計分からなくなった。

それでも、進めていくと、段々と歩の優位が明らかになってきた。機能している駒の数も、駒台にある駒の数も歩が上回っている。勝てる。歩は舞い上がりそうな気持ちを引き締め、丁寧に指していく。相手の攻撃の手が尽きた今、守る手段を持たない玉にとどめを刺すのは時間の問題だった。

「参りました」

最後まで指す気をなくしたのか、相手が詰みまであと数手のところで投了した。歩も慌てて頭を下げる。勝った。公式戦初の勝利だった。にやつきそうになって、頬《ほお》の内側を噛んでこらえる。

「あの、やっぱり、居玉だと守りづらいと思うんですよね」

歩は赤くなりながら、ぼそぼそと話し出す。勝者としての感想戦も初めてのことだ。まだ教わることばかりの自分が、人に教えるなんて気恥ずかしかったけれど、ちょっとした誇らしさもあった。

歩はその後、2回戦、3回戦と順調に勝ち上がっていった。4回戦の相手は春久だ。しかし、負ける気はしなかった。3回の勝利で気持ちも大きくなっていたし、何より、自分の方が圧倒的に真剣に将棋に向き合ってきたという自負があった。

春久はにやっと笑って、「よろしくな」と言った。からかうような、少し含みのある嫌な言い方だった。

振り駒の結果、先手が歩、後手が春久となった。歩は定跡どおり、**7六歩**とし、角道《かくみち》を開いた。まず進路をふさぐ**歩**を動かし、**角**や**飛車**などの大駒が働けるようにすることが大切なのだ。将棋の基本中の基本だ。対して、春久は**4四歩**と指してきた。歩は目を疑った。普通であれば、**3四歩**とするところを間違ったとしか思えない。**4四歩**では、**角**を使ってリスクなく**歩**が取れてしまう。凡ミスだな。でも、ラッキー。**角**を取ろうとして、歩はふと手を止めた。春久が一瞬にやりと笑ったように見えたのだ。もしやという考えが浮かぶ。春久なら、何かしかけてきても不思議ではない。そのまましばらく考える。対局時計は時間を刻んでいる。時間が切れたらそこで負けになってしまう。大切な時間だけれど、考えなければと思った。

角で**歩**を取ったら、春久はどうするだろう。盤面を見てはっとする。**飛車**がある。きっと**4二飛車**と動かしてくる。そうされたら、歩は**角**を動かして攻め込むしかない。しかし**角**が成っても、その後どう攻めを繋げればいいのか、まったく分からなかった。

構想もないまま、春久の狙いもはっきりと分からないまま、リスクをおかす自信はなかった。

歩は**2六歩**と定跡どおりの手を指した。一瞬、春久の顔に悔しそうな表情がよぎるのを見て、ほっと胸をなで下ろす。やはり、何かあったのだ。しかし、3分も時間を使ってしまった。

序盤は歩のペースだった、歩と比べ、明らかに春久は定跡を知らない。特に展望もなく、目の前の損得で、反射的に指しているのが見て取れた。相手を押している手応えがあった。歩はじりじりとしたペースで攻め込んでいく。

風向きが突如変わり出したのは終盤だ。序盤で時間を使ってしまったことが災いし、残り時間はもうほとんどない。しかし、春久の**玉**は詰みそうで詰まなかった。おまけに春久の指す手はその意図が読めないものばかりで、考える時間が余計にかかる。時間は刻々と減っていく。頭に赤い靄《もや》のようなものがかかって、うまく考えられない。時間にまだ余裕がある春久はただのらりくらりと逃げる手ばかりを指している。

ピーという胸に突き刺さるような音を立てて、無情にも対局時計が時間切れを伝えた。

歩の負けだった。途中まで優勢だったとか、このまま指し続けていたら勝っていただろうといったことは関係ない。負けは負けだった。

「ありがとうございました」

力なく言う。

状況は違うとはいえ、2回も切れ負けを経験するなんてと情けなくなった。

「感想戦って言っても、特にこの局面がどうとかいうのはないよね。俺の全面的な作戦勝ち。迷わせて、切れ負けに持ち込む。これ以外俺に勝つ方法はないってことになってさ」

どうやら、この作戦は梶が立案し、伝授したものらしかった。

「……なんか、ズルいよ」

「ズルいことなんてあるか。勝負っていうのは非情なものなんだ」

「そうなんだろうけど……納得いかない」

「だろうな」

にやにやと笑う顔が憎たらしかった。

「ところで、最初の４四歩、あれ、罠だった？」

春久はおっという顔をした。

「へえ、分かってたんだ。そうそう、パックマンっていうハメ手のひとつでさ、あれ取ると玉を囲うどころじゃなく、急戦が始まっちゃうってわけ。歩、急戦苦手そうだから、そっちの展開になってもいいかなって」

なるほど、自分があの時、４四歩を取る道を選んでいたら、まったく違う展開が待っていたのだ。その時はどっちが勝っていたんだろうと思う。今となっては、春久に勝利していただろうとはとても思えなかった。

春久になら勝てると思っていた自分が恥ずかしかった。春久だって、梶と過ごす中で、自分を磨いていたのだ。歩のように真正面から取り組んでいたわけではないかもしれない。でも、だからといって春久が努力していないということではない。

結局、春久はC級3位となった。扇子を操る堂々たる姿が1回戦から会場の注目を集めていた名人は、なんと宣言どおり優勝した。A級は倉持、B級も岩北高校の生徒が優勝し、岩北高校が独占する形となった。好成績を収めた友人たちのことを心から喜びたいと思うのに、鋭い嫉妬心に苛《さいな》まれ、祝福する笑顔はどうしようもなく歪《ゆが》んだ。

表彰式の後、会場の隅で倉持が地元紙の女性記者からインタビューを受けている。そばを通り過ぎた歩は、インタビュアーの言葉に思わず足を止めた。

「岩北高校って倉持くんをはじめみんな本当に強いですよね。何か秘密でもあるんですか？他の学校と何が違うんでしょう」

「合宿にプロの方が来てくれたり、将棋をやる環境がすごい整ってるっていうのはあると思うんですけど……実際のところはよく分かんないです」

「そう言わず、倉持くんの感じたことでいいから、言葉にしてみて」

倉持が対局中のように顎を触りながら、しばらくじっと考えていた。

「昨日より強く、去年より強く、っていうのを積み重ねてきただけじゃないですか」

昨日より強く、去年より強くか、と思った。そんな風にさらりと言える倉持が羨《うらや》ましかった。自分は現状維持の足踏みばかりだ。いや、後退している部分だってある、と思う。みんなと一緒に上を目指せない自分が、将棋部にいていいんだろうかとふと思った。


翌日の団体戦は沈み込んだ気持ちそのままの冴えない対局となった。なんとか穴熊で守りだけは固めるも、あっという間に防戦一方となり、守りきれず投了となる。丸くうずくまった状態で、周囲からひたすら蹴《け》りつけられるような、そんな嫌な後味しか残らない対局ばかりだった。

結局、一勝もできず、チームの名人と春久の足を引っ張ったことで、歩はますます自分は部をやめるべきではないかと考えるようになった。

大会を終えても、ほとんどの部員が部室に集まり、それぞれに将棋と取り組んでいる。昨日より強くなるように、去年より強くなるように努力をしているのだと思った。

C級で優勝した名人は自信をつけたのか、前よりも少し格上の部員と指すことが多くなり、自然と二人で指すことは減った。

改めて誰かに対局を申し込む気にもならず、部室をぼうっと見回す。8か月のうちにすっかりと馴染んだ場所。ここで変われると思ったのに、自分は何も変わっていない。

ふいにこれまでにない強さで、やめてしまおうかと思った。なんだか、何が嫌なのかもよく分からないままに、すっかり嫌になってしまっていた。

退部って、退部届必要なんだっけ。ぼんやりとした頭で具体的なことを考え出す。

背中をつつかれ、ぼうっとしたまま振り返ると、倉持が立っていた。

「今、空いてるなら、やんない？」

イマアイテルナラヤンナイ。言葉を脳が処理するまでに時間がかかった。

急に不思議な夢に迷い込んだかのようで、歩は茫然としたまま頷き、倉持と向かい合った。

部のいろんな人と対局してきたが、倉持と指すのはこれが初めてだ。勝てるわけがないけれど、恥ずかしくない負け方をしたいと思った。

　倉持は特に急がず、確実な駒組みをしていく。攻められているという感じがないのに、一枚、一枚と確実に形勢の差が広がっていくのがまるで手品のようだった。

　突如、端を突かれて、歩は迷った。何でもないような手だけれど、だからこそかえって何か意図があるようにも感じられる。

　歩は時間を使ってじっと考え込んだ。しかし、数分を費やしても、よく分からない。対処法も、そもそも何を防げばいいかも分からなかったので、歩は端を放置した。

　しかし、それが致命傷となった。突破された端から次々に駒が侵入し、歩の陣は崩壊していく。完全に優勢となっても、倉持は一気に叩き潰すということはしない。決して無理せず、まるで真綿で首を絞めるように、じわじわと息の根を止めていく。

「参りました」

　頭を下げる。もう終わってしまうのかと思った。もう少し長く指していたかった。

「角、苦手？」

　ズバリ言い当てられて、頷いた。「だと思った」と倉持は笑う。

「角動かした時、すんごい顔したから」

「そうなんだ……なんか勉強してもうまく受けられなくて」

「もうさ、どう苦手かを突き詰めて、武器にしちゃえばいいのに。自分がやられて嫌なことは相手も嫌だからさ」

目から鱗《うろこ》だった。

「あっ、考えもしなかった。やっぱり、倉持くんはすごいな。そう考えると、苦手なものだらけの僕って、人より有利なのかもね」

自分のはしゃぎようが痛々しいと思ったが、でも、うまくセーブできない。倉持に呆《あき》れられたかと首をすくめるが、彼はただいつもの少し眠そうな無表情でこっちを見ていた。

「あの、ありがとう」

「何が？」

「対局してくれて」

「……意味分かんないんだけど」

「あ、だよね。ごめん、ちょっと嬉しくて。そのずっと倉持くんとは指してみたいと思ってたから。でも、もちろん、ものすごい差があることは分かってるし、無理だと思ってて。だから、嬉しくて」

口が勝手に動くのが止められない。倉持がふっと笑った。

「なんか、すげー、しゃべるんだな」

耳がかっと熱くなるのが分かった。

「まあ、いいや。ところでさ、この間の個人戦、春久のパックマン、回避したんだって？」

「……そんなちゃんとした考えがあったわけじゃないよ。変だなってなんとなく思っただけで。取らなかったのも僕が怖がりなだけだし」

倉持はふうんと気のなさそうな相槌を打った。

「じっと考えたから、へえって思ったたって。先生が言ってた」

「先生が」

「うん。ちょっとセンス感じたって。まあ、その後はまんまと時間引き延ばされてダメダメだったらしいけど」

倉持が笑う。歩も釣り込まれて笑った。思い出すたびに血が逆流するような痛い記憶だったはずなのに、無理せず笑えた。

倉持の誘いで、もう一局指した。結果はもちろん、圧倒的な負け。

しかし、なんだか倉持が無言で引き留めてくれたように感じられて、投了する頃には、部活をやめようという気持ちはきれいに消え失せていた。

第四章　本気ってなんだ？

セーターの袖口《そでぐち》からはみ出た指先が冷たい。倉持は既に伸びきったセーターをさらにぐいぐいと伸ばし、指を包み込んだ。

その日の気温は1度。窓の外にはふわふわと軽い雪が舞っている。

ストーブに手をかざして暖を取っていると、部室の前の方から、ハルヒの呼ぶ声がする。しぶしぶストーブから離れ、背を丸めながら近づいていくと、「これ、持って」と模造紙の端を渡された。素直に受け取り、指示どおり持って突っ立っていると、「あっちに行って」と肩を押された。

どうやら、黒板の上に貼りたいらしい。

もたつきながらもどうにか二人で貼り終え、改めて模造紙を見る。

それは3年生追い出し会のトーナメント表だった。毎年、将棋部では卒業式の前日、予行練習のために登校してきた3年生を迎え、追い出し会をする。3年生最後の大会を開くのだ。追い出し会の主役は3年生だから、この大会のルールは3年生に有利なものになっていた。駒落ちのハンデは実際の段位、級位から2つ引いた数字をもとにつける。さらには、組み合わせもなるべく3年生同士があたらないよう、配慮されていた。

　トーナメント表を眺め、倉持はなんとなく体に力がうまく入らないようなもやもやした気持ちでいた。有段者相手であれば、駒落ちのハンデも少しは関係あるかもしれないが、それ以外の相手であれば、どれだけの駒差があっても、実はそれほど影響はない。自分はきっと勝つのだろうと、諦めにも似た冷静さで倉持は思った。それは悪いことではないはずなのに、なんとなく気が重い。隣で、優勝するぞと意気込むハルヒの曇りのなさが羨ましかった。

　卒業式の予行練習を終えた3年生がどやどやと部室に入ってくる。先輩たちと会うのは久しぶりだった。夏の大会以後、人によっては時々部室に顔を見せてはいたけれど、改めてこれが最後なのだと思って顔を合わせると、もうすでにどこか懐かしいような気持ちになった。

　特にスピーチや挨拶といった格式ばったものもなく、さっそく3年生と1、2年生が将棋盤をはさんで向かい合う。

　倉持はあえてこれまで指したことのない定跡ばかりを選んで指していった。少しでも不確定要素を盛り込み、勝負をしている感覚が欲しかった。しかし、それぐらいのことでは彼の勝利は揺るがなかった。どの対局も彼が優勢のまま、淡々と終わっていった。

「あーあ、倉持に勝てるわけないよなあ」

　投了後、3年生たちはどこか寂しげだが、すっきりとした顔で盤面を眺め、笑う。

その表情を見ていると、なぜだかトーナメント表を前に感じたもやもやした気持ちがどんどんと膨れ上がり、倉持は感想戦を手短に済ませ、逃げるように席を立った。

倉持は当然のようにトーナメントを駆け上がり、決勝戦に駒を進めた。相手は、内藤だった。部活でも何度も対局してきた相手だ。途端に今までの気持ちは消え、馴染みのある勝負を前にした高揚感が湧きあがってくる。自然と浮かんだ口元の笑みを誤解し、内藤が口をとがらした。

「なんだよ、余裕の表情じゃないか」

「違うって。久しぶりの先輩との対局が嬉しいだけ」

「お前、そんな可愛げのあること言う奴じゃないだろ。今日こそ、振り飛車党の意地を見せてやるからな」

「や、今日は特別ルールなんで、俺、飛車落ちなんですけど。居飛車党とは名乗れないというか」

「そんなの関係ない。今日こそ、勝つ！」

めちゃくちゃなことを言い放った内藤は、開始早々、ゴキゲン中飛車で積極的に攻勢に出る。ハンデはなかなかきつく、倉持は受けに回るしかない。内藤が高校3年間、磨き続けてきた中飛車は、狙いが明快で、鋭かった。すっかり手の内を知っているはずなのに、それでも時折ひやりとする。脳内麻薬でも大量に分泌されているのか、五感が研ぎ澄まされ、何もかもがクリアに感じられる。その感覚を楽しんだ。

ひたすら丁寧に丁寧に受け続けているうちに流れが変わってきた。内藤の方が攻め疲れてきたのだ。倉持はゆっくりと差を縮め、追いつき、じわじわと差を開いていった。倉持の必勝パターンだ。

固唾《かたず》を呑《の》んで見守っていたギャラリーたちも、いっせいにはあと息を吐いた。投了する何手も前に、勝負はついていた。

それでも、内藤は口をぎゅっと結び、玉が完全に詰むまで指し続けた。

「参りました」

そう告げる内藤の声はいかにも悔しそうだった。両手を頬にあて、ムンクの叫びのような顔をして、盤上を睨み付ける。

「……お前、今日ぐらい先輩に花持たせろよ。こんなハンデあって負けるなんて、凹むだろ」

「今日の先輩の中飛車すごいよかったよ。思わず、振り飛車党もいいなって思うぐらい」

心から言うと、途端に内藤はにっこり笑って、「だろ」と言った。

「俺史上最高のゴキゲン中飛車だったもん。倉持を押してるって、感触あったからね」

顎に手をあてながら、うんうんと頷いていると、急に頬をつねられた。

「なのに、なんで、結局、勝てないいんだよ」

「………さあ」

不明瞭な声で答えると、内藤は不機嫌そうに唸り、倉持の頬をつきたての餅《もち》のようにぐいーっと引き伸ばした。

優勝した倉持は、本郷先生の手から、お手製の賞状を渡された。卒業生を含めた部員たちから拍手を送られ、倉持は首をすくめ、小さく会釈して応えた。どんな顔をすればいいのか分からず、結果、なぜか少し怒っているような顔になる。

「お前、もっと嬉しそうな顔しろよ!」

内藤にいじってもらって、ほっとする。なんとか、口の端を歪めて、笑ってみせると、

「何その邪悪な笑顔」とハルヒにツッコまれ、場がどっと沸いた。

大会の後は、食べ物やジュースも用意され、飲んだり食べたりしながら、部員たちは思い思いに3年生との別れを惜しんだ。思い出話に興《きょう》じる者もいれば、飽かずに将棋を指している者もいる。

倉持も内藤に誘われ、また将棋を指し始めていた。会話を交わしながらの対局は、先ほどの試合より一段とリラックスした空気が漂う。

「しっかし、今日こそ倉持に勝てると思ったんだけどなあ」

まだ、さっきの対局にこだわる内藤は、駒を置きながら、ぶつぶつと呟いている。

「だってさあ、倉持、大会で負けたの、身内戦だけだろ」

全国高校将棋竜王戦、全国高校将棋新人大会と倉持は2つの大きな個人戦のタイトルをあっさり獲得した。

その他にも非公式の大会や社会人も参加する大会を含め、数多くの大会に出場した倉持は、その圧倒的な力で優勝をさらい、1年生にしてその名を全国に轟かせるようになっていた。

倉持の実力が広く知られるようになると、倉持マジックと呼ばれる現象も起こるようになった。倉持がミスを犯しても、相手は「これは何かの戦法に違いない」と勝手に警戒し、そのミスをわざと見過ごしてしまうのだ。そもそも慎重でほとんどミスを犯さないというのに、たまのミスも見逃されるのだから、倉持が負ける理由がなかった。

1年生にして早くも伝説となり始めるほどの強さを誇る倉持だったが、唯一、負けた相手というのが、岩北高校将棋部の2年生で、次期部長の滝沢《たきざわ》だった。滝沢も二段の実力者だが、倉持とは明らかな実力差がある。通常であれば、10戦したら倉持が10勝するはずのところ、滝沢が勝利したのだ。

「そうだけど、身内戦だからって負けたわけじゃ。単純に、俺がダメで、滝沢くんが冴えてたってだけでしょ」

「違うね。身内戦っていうのがポイントなんだって。それはね、お前だけじゃない。団体戦に出た奴みんなそうだから」

「そうって？」

「団体戦に力を入れれば入れるほど、身内戦が弱くなる」

その言葉に、倉持は思わずぎくりと、駒を持った手を止めた。

「心当たりあるだろー」

内藤はにやにやと笑う。確かに、心当たりはあった。身内が相手だとどことははっきり言えないものの、確実に何かが違った。うまく、力が入らないような不可解なもどかしさ。

「俺もそうだったもんなあ。団体戦出て、どんどん面白くなって、そっから、身内戦の勝率ががくっと落ちた」

「……それって、なんでなのかな？」

「岩北高校将棋部が好きすぎちゃうからだろ？」

「え？」

「ほら、団体戦って、うちの部では特に、チーム力を大事にするだろ。チームのため、岩北高校のためにって頑張る。それ続けてるとさ、将棋部のみんなが自分の一部みたいな感じになってくるんだよな。みんなが嬉しいと嬉しいし、悲しいと悲しいっていうか。だから、一層団体戦、頑張れるんだけどさ、ほんと、マジで身内みたいな感じになるから、戦うとかそういうモードにならないんだよな」

その感覚はよく分かった。身内が相手だと、それまでの武装モードが自動で解除されてしまうのだ。

「確かに。顔見た途端、ほっとしちゃうっていうか」

「そう、そうなんだよ！　ほっとすんだよな！　ほっとしてる場合じゃないのに！」

くっくっと肩を揺らして笑った内藤は、不意に真顔になり、倉持の目を覗き込んだ。

「だから、今回は勝てると思ったんだけどなあ。武装してない倉持が相手なら、いいとこまでいけるんじゃないかって。だって、俺の方が絶対、本気で勝ちたいと思ってたし」

ドキッとした。何と言っていいか分からず、誤魔化すように**銀**を打ち込むが、意図していた位置よりもひとつずれていてぎょっとする。そんなミスをするのは、子供の頃以来だ。動揺を表に出したつもりはなかったのだが、幾度となく彼と向き合ってきた内藤はわずかな表情の変化も見逃さなかった。

「倉持マジック破れたり！」

あっさりと倉持の**銀**を取ると、内藤は「将棋部を頼むな」と人が悪い顔で笑った。

追い出し会の後、倉持の足は自然に将棋クラブへと向かっていた。雪の中を歩く間、倉持は自分が内藤の言葉の何にショックを受けたのか、ぐるぐると考え続けていた。何が何でも一番になりたいと思えない。そうした部分は昔から自分の中にある。だから、今更、「自分の方が本気で勝ちたいと思っている」という言葉にそれほど動揺する理由もないような気もする。何に自分はショックを受けたのか。ひたすらに自分自身に問いかけるが、結局はよく分からなかった。

将棋クラブの前で傘をたたもうとしたところ、大量の雪が雪崩《なだれ》のように滑り落ちてぎょっとする。集中するあまり、傘に降り積もる雪の重みに気づかなかったようだ。雪だらけになった髪を、水浴びした犬のようにぷるぷると払うと、将棋クラブのドアを開ける。ストーブで熱された空気に、寒さで強張った頬が痛んだ。

料金500円を払う払わないという、いつもの押し問答を終えた後、水野はがらんとした部屋を手で示しながら、「謙太郎、今日も貸切だぞ」と珍しく少し投げやりな口調で言った。ここしばらく将棋クラブで客の姿を見かけていない。雪のせいで少し客足が遠のくということはあるだろうが、ここまで客が少なくて大丈夫なのだろうか。倉持の心配に水野は、「暇なぐらいがちょうどいいんだよ」と笑ってみせる。しかし、その笑顔はいつもより少し気弱に見えた。

「謙太郎、それ賞状？」

水野は倉持のカバンから突き出た紙の筒に興味を示す。話題を変えようという意図が明らかだったが、倉持は素直に応じ、広げてみせた。

「今日、3年生の追い出し会だったんだけど、うちの部は伝統的に大会をするんだ。3年生に有利なハンデをつけて。で、これはその賞状」

「へえ、で、ハンデをものともせず優勝したってわけか。じゃあ、これはあそこの壁にでも貼っとくか」

「そんな賞状まで飾らなくていいよ」

口にした瞬間に後悔した。

「……今のなし」

壁にもたれ、頭と膝を深く抱え込んで丸くなる。深いため息が出た。

「どうした」

水野の声はひどく優しい。ストーブの上でやかんがしゅんしゅんと音を立てるのがやけにはっきりと聞こえた。

「……どうもしない」

「ふうん……お茶でも飲むか？」

「……コーヒーがいい」

「また、面倒なものを。いつもの、牛乳とコーヒーが4対1のやつな」

水野が動く気配と共に、コーヒーの香りがゆっくりと広がる。

「ほら、いい加減、その姿勢解除しろよ」

水野に軽く足を蹴られ、顔を上げた倉持は、その手からマグカップをひとつ受け取った。

薄いベージュのほとんどコーヒーとは言えない飲みものを口にする。ゆっくりと気持ちが落ち着いてきた。

机の上の丸まった賞状をぼうっと眺めていたら、水野から不意に数冊のアルバムを手渡され、反射的に受け取る。

それは将棋クラブを開いたばかりの頃の様子を収めたアルバムだった。将棋クラブの前で、頑固なラーメン屋の主人のように腕を組んで立つ父の姿は、記憶の中のものより少し若い。その横でぼうっと立つ少年は間違いなく自分だった。

「今日な、ここ片づけてきたら出てきたんだ。懐かしいだろ」

アルバムの写真には倉持と父以外にも、将棋を指す人の姿が多く写っている。当時、父が初心者向けの将棋教室を開いていたこともあり、子供の姿が特に目立った。

「この頃から、謙太郎の強さはずば抜けてたよな」

「それは……みんなより長い時間将棋やってたし」

「変わんないな。強いと褒められると、居心地悪そうにするとこ」

水野はコーヒーにスティックシュガーを2本躊躇いなくざーっと流し込むと、満足そうな顔で啜った。

「まあ、そうだよな。強い奴は強い奴なりの大変さがあるもんな。出る杭《くい》は打たれる、っていうか」

小学生の頃、何人もの友人から怒ったような口調で「もう二度と一緒に将棋をしない」と告げられたことを思い出す。何度やっても倉持に勝てないことに苛立《いらだ》ち、将棋自体を二度とやらなくなってしまった子もいた。

「俺、小さい頃、お父さんとばっか将棋してて、俺が勝つたびに、お父さん、すっごい嬉しそうだったから。だから、自分が勝つと周りのみんなも嬉しいって、どっかで思ってたんだと思う。だから、友達と指すようになって、自分が勝つたびに嫌われるっていうのが、すっごいショックだった」

「お前を嫌ったわけじゃないだろ。将棋がちょっと嫌になっただけだろ」

「……そいつらにとって、多分、俺は将棋そのものだったから、やっぱり俺が嫌われてたんだと思う」

将棋クラブの中でどこか遠巻きにされていた中学生時代を思い出す。クラブに行けば相手はたくさんいたはずなのに、実際、倉持の対戦相手はもっぱらネットの向こうの見知らぬ人だった。

アルバムの最後のページ。華奢《きゃしゃ》な少年が、父と写っている。その少年のことはよく覚えていた。いつも、負けてばかりで、負けるたびに外に出て声を殺して泣いていた。父は彼の中にどんな可能性を見出したのか、「あいつはもしかしたらもしかするぞ」と口にし、特に目をかけていた。一度だけ対局した後、「あんま、なめんな」と泣きそうな目で睨まれたことを苦く思い出す。彼が何を指してそう言ったのかは今でもよく分からない。しかし、倉持の胸にその言葉はしばらく重く残った。

「俺、そんな賞状だなんてほんと思ってない……でも、そう口にしたってことはどこかで思ってるのかな」

するりと、自分でも意図しないままに言葉が滑り出た。どこかすがるような響きのある言葉を、水野は軽く笑い飛ばした。

「仮に思ってたって、いいじゃないか。まあ、言ってしまえば、お楽しみ会の賞状だろ」

「……うん」

そんな風にかばってほしいわけではなかった。

もう心の中のもやもやを言葉にしたいとも、できるとも思えず、倉持は押し黙って、コーヒーを飲む。

「お前は強すぎるから、だから、いろいろ余裕があって、考えすぎちゃうんだろうけど、部活なんだから、もっと楽しめよ。こういうイベントもさ、みんながどう思うかとかじゃなくて、楽しめばいいんだよ」

そう言うと水野は再度、倉持の意思を確認するでもなく、さっさと賞状を壁に貼った。

楽しむか、と全国大会に優勝した際の賞状の横に貼られた、手作りの賞状を眺めながら、倉持は思った。自分は十分に楽しんでいるつもりだったけれど、改めて考えてみると、急に自信がなくなった。その感覚は、漢字をじっと見つめていると、段々とその漢字が正しいのかよく分からなくなってしまうあの感じとよく似ていた。なんだか怖くなって、倉持は考えるのをやめた。

まだ早い時間だったけれど、水野はクラブを閉めると言い出した。

ストーブですっかり緩められた筋肉が、外の寒さに触れ、途端にきゅっと縮こまる。

「最近、いつもこんな時間に閉めるの？」

「光熱費もバカにならないからな。人が来ないのに不経済だろ」

「いつもの人たち、最近見ないね」

「ああ、お父さんの頃からのお客さんもどんどん年をとっていくからね」

水野は雪の降る鼠《ねずみ》色の空を見上げて、白い息を吐いた。

「将棋ってさ、謙太郎と話してると、人生の全てみたいな気がしてきちゃうけどさ、結局、多くの人にとってはどうでもいいマイナーな競技なんだよな」

そう言って笑う水野の顔は、今にも泣き出しそうに見えるほどひどく歪んでいた。


3月の半ば、卒業生を送り出した余韻がまだ残っているこの時期に、岩北高校将棋部の春合宿は行われる。もうこの時期から、次の大会に備えて新たな体制作りを行っていくのだ。

2泊3日の合宿は旅館で行われる。5年前から、将棋部創立メンバーの一人である時田《ときた》の好意で彼の実家の旅館を利用させてもらっていた。近くを流れる川の音だけが聞こえる静かな空間で、将棋漬けになるというのが、合宿の意図だが、部員たちにとってはどこか小旅行のような楽しみももちろんある。合宿当日、練習を終えた夜をどうやって過ごそうかということばかり一生懸命に考えてきたらしいハルヒのカバンは、得体のしれないもので膨れ上がっていた。

「楽しみすぎて昨日の夜あんま寝れなかったもんね」

「子供かよ」

ハルヒと祐介のやり取りに笑う倉持も実はあまりよく眠れていなかった。原因は母親だ。最近、何か言いたげな様子で彼の部屋を訪れるのだが、しばらくして結局何も言わずに出ていくという謎の行動が続いていた。

藪蛇《やぶへび》になりそうで、無理に追及しないでいたのだが、度重なるとやはり気になる。もしかして、再婚か、いや、まさか、などと考えていたら、よく眠れなかった。

移動中、夢も見ないほどの深い眠りを貪《むさぼ》った倉持は、乗り継ぎのたびに、祐介に乱暴に揺り起こされた。

電車とバスを乗り継いで、たどり着いた旅館は大きいけれど、どこかほっとするような温かみのある建物だった。

「今年もよくおいでくださいました」

将棋部の到着を笑顔で迎えてくれた女将に倉持たちは慌てて頭を下げる。女将はその姿にさらに笑みを深めた。

倉持はハルヒ、祐介と同じ部屋だ。部屋割りは、特に決まりはなく、部員たちが自由に決めていいことになっている。団体戦でチームを組んで以来、何かと3人で行動することが多くなったこともあり、同じ部屋になることはハルヒが強く主張するまでもなく自然に決まった。

ハルヒは部屋につくなり、卓上の和菓子を口にし、「甘い」と悶絶《もんぜつ》している。

「和菓子は、緑茶の苦みと合わさって丁度いい甘さになってるんだから、単体で食べるな」

そう言いながら祐介はせっせと3人分の緑茶をいれている。

「よっ、さすが進学クラス！　物知り！」

「常識だっつうの。なあ、倉持」

「……今、知った」

和菓子と緑茶の相性の良さを今更ながらに噛みしめながら、お茶を啜っていると、ノックと同時にドアが開き、本郷先生が顔を覗かせた。お茶の濃さが均等になるように、3つの茶碗に丁寧に回し注ぐ祐介の姿に目を留め、苦笑する。

「お前ら、なに優雅にお茶してんだ。始めるぞ」

慌てて口の中の餡子《あんこ》を緑茶で流し込む。先生の後に続いて廊下を歩く間も、まだ熱いお茶に焼かれた舌がぴりぴりと痛かった。

合宿はそれぞれの力に応じ、S級、A級、B級、C級と4つのクラスに分けて行われる。S級は全国大会出場者のクラスで、プロと対局する。一対一の対局や、多面指しによる指導により、最新の戦法を学ぶのだ。

　S級は倉持たち団体戦メンバー3人と、部長である滝沢の4人のはずだった。しかし、練習直前のタイミングでS級に割り当てられた部屋に梶が乱入し、突然、自分も入りたい、入る資格があるはずだ、と言い出した。

　梶は今年、四段になった。倉持こそ六段だが、祐介は三段、ハルヒは二段だ。段位だけ見れば、梶の方が上だった。それなのに、自分がS級に入れないのはおかしいという理屈だった。

　プロ棋士になるためには、21歳の誕生日までにプロの養成機関である奨励会の初段にならなければならない厳しい壁があることはよく知られているが、実はアマチュアの世界にもいくつか壁がある。それが、三段と四段の間の壁だ。三段まではセンスがあり、定跡を熱心に勉強している者であれば、比較的順調に上がっていける。しかし、多くの者がそこで面白いようにピタッと止まってしまうのだ。

　祐介もその壁に何度も阻まれていた。段位は、決定戦で優勝した者だけに与えられる。当然その争いはし烈なものだが、段位を競うライバルたちは優勝すれば当然抜けていく。最初は、いつかは獲れるだろうと自分に言い聞かせるように楽観的なことを口にしていた祐介だが、3回続けて落ちてからは、明らかに焦りを滲ませるようになっていた。

　そんな四段の壁を、梶は初めての挑戦であっさり超えたのだ。決勝戦で梶とあたり、破れた祐介は投了後、無言で会場を飛び出し、しばらく戻らなかったという。

　ある意味因縁の相手である梶が目の前で図々しいほど堂々とS級を主張するのを、祐介は瞬《まばた》きもせずじっと見ている。倉持がそばで見ていて心配になるほどの静かさだった。

　イライラと食ってかかったのはハルヒだ。

「ルール違反だろ」

「だから、今回は特例を認めてほしいって話。だって、まだ全国大会出てないってだけで、自分より弱い人の下のランクにいなきゃいけないなんて、明らかにおかしいだろ」

「自分より弱いってなんだよ」

「そりゃ、倉持は俺より強いよ、でも、町山とかよりは俺の方が強いと思うけど、実際」

　ハルヒが梶に摑《つか》みかかる。倉持は慌てて引き離そうとするが、こうした場に慣れていないため、ハルヒの動きをうまく封じることができない。いつもは真っ先に割って入るであろう祐介はじっと動かない。

　まるでロデオでもしているかのように、振り回されていた倉持だが、突然、ハルヒの動きがぴたっと止まった。本郷先生が梶とハルヒの頭を無造作に摑み、額と額をぶつけたのだ。ゴッという鈍い音の後、二人が同時に額を押さえてしゃがみこむ。

「お前らは小学生か。講師をお待たせしてるんだぞ。他のメンバーや旅館にも迷惑がかかるだろうが」

　すいませんと二人はもごもごと謝る。

「そもそも、梶はなんで今日になっていきなり言い出したんだ。ここで言うことじゃないだろ」

「……今、急に思ったんで」

　先生は深いため息をつくと、顔をつるりと撫でた。

「梶、お前なあ」

「……だって、俺の方が絶対強いし」

「そういうとこがなあ……やる気があるのは本来いいことだ。でも、今の態度を見ていたら、俺は許可できんよ。お前がS級に相応《ふさわ》しいとはとても思えない」

　梶は口をへの字に曲げると、そのままぷいっと部屋を飛び出していく。

「一度、あいつとは話さないとな。……じゃあ、今から講師の方たちをお連れするから」

　しばらくして先生に連れられ、二人の講師が入ってきた。恰幅《かっぷく》がよく、細い目が常に笑っているような着物の老人が中越《なかこし》プロ、きっちりと髪を七三に分けた、市役所の職員のように見えるスーツの男性が加藤《かとう》プロだ。

　なんとなく、梶がかき乱した空気が静まらないままに、指導が始まる。

一対一で中越と対局する合間に、倉持はなんとなく気になって、加藤の多面指しを受けている祐介とハルヒの様子を盗み見る。二人は明らかに集中できていない。大丈夫だろうかと相手の番になるたびにちらちらと視線を送っていたら、中越がまるで頬を張るような激しい駒音を立てた。喉元に刃を突き付ける鋭い手だ。

「私との対局は退屈かな？」

鋭い手と細い目の奥の鋭い光を前に、倉持は思わず居ずまいを正した。

「すいません。集中します」

一番集中できていないのは自分だった。まず喉元の刃をどう受けるべきか。倉持は顎を触りながら、頭の中で駒を動かす。そして、倉持は祐介やハルヒのことも、自分の体のことさえも忘れ去ってしまうような、純粋な将棋の世界に没入していった。

「俺、あいつ、嫌い」

茶碗蒸《ちゃわんむ》しをまるで飲み物のように流し込みながら、ハルヒが唸るように言った。彼の視線の先には梶がいる。

一日の長い長い練習を終え、将棋部は宴会場で夕食をとっていた。目の前のお盆には、刺身や鍋など旅館らしい多彩な料理が並んでいるのだが、苛立ちが収まらない様子のハルヒは、無造作に片っ端から口に押し込んでいく。

「もっと、味わって食べろよ」

祐介が冷静にたしなめる。先にハルヒが切れたことで毒気を抜かれたのだろうか。一番、梶に複雑な思いを抱いているであろう祐介は、完全にいつもの穏やかさを取り戻したように見えた。

「ほら、倉持もご飯ばっかり食べない。ご飯ばっかりじゃ味ないだろ。おかずと一緒にバランスよく楽しめよ」

「ご飯、味あるよ」

倉持の反論に「そういう問題じゃねえ！」と祐介は即座にツッコミを入れた。隣でくすっと小さな笑い声が起きる。隣で名人とご飯を食べていた歩だった。歩は倉持たちの視線に気づくと、はっと口を押さえて、体を縮めた。

「ごめん……会話が聞こえちゃって」

「いや、そんな大した話してないし」

祐介が即座に笑って言うが、歩はまだ居心地悪そうに、倉持の隣で体を縮めている。

「……B級どう？」

倉持が尋ねると、歩は目を丸くして、手の動きを止めた。箸から、マグロの刺身がつるりと醤油《しょうゆ》の小皿に滑り落ち、醤油を弾き飛ばす。歩は慌てて、おしぼりで服にとんだ醤油を叩いた。

「ごめん。ちょっとびっくりして。倉持くんが知ってると思わなかったから」

「別にクラス分けって秘密でもなんでもないだろ」

「でも……普通、知らないよ」

「じゃあ、栗原は俺のクラス知らない？」

「それはもちろん、知ってるけど……全然違う話だよ」

「同じだよ」

「違う」

歩は頑なに否定する。

「まあ、いいけど。で、どう、B級の練習は」

「あ、うん。C級の練習は教わることが多かったけど、B級の練習は自分で考えることが多いから、そういうのが苦手な僕としてはちょっと大変で。あ、でも、もちろん、S級の練習と比べたら全然大変じゃないとは思うんだけど……あ、また僕、しゃべりすぎてる？」

歩はまた口を押さえて体を丸める。その姿になんとなくダンゴ虫を思い出したが、そんなことを言ったら歩が変な風に解釈してしまいそうな気がしたので、倉持はただ「別に」とだけ言った。

「で、大変って？」

「え？」

「何が大変なの」

「ああ……やっぱりどうやって攻めたらいいか分かんないことかな。理屈は分かるんだけど、気持ちがついていかないというか」

「居飛車、合ってないんじゃない？」

「えっ」

「前、一緒にやったとき思ったんだけど、もっと守って守って相手が崩れるのを待つ戦法の方が合ってる気がする。四間飛車とかさ」

「確かに、歩には四間飛車の方が合ってるかも」

名人も横から口をはさむ。歩はまるで神託でも聞いたような顔で、大きく深く頷く。倉持は気軽な気持ちで、ひとの戦法に口を出したことを少し後悔した。

「そんな、真面目に取らなくていいからね。ただの思い付きで言ったことだから」

「ううん。ありがとう」

そわそわした様子の歩はそれからほとんど食べ物を口にせず、名人を急き立てるように、席を立った。

「歩、振り飛車党に転向か」

歩が立ち去ったのを確認し、ハルヒがもう決定事項のように淡々とした口調で言う。

「そんな……分かんないだろ」

「倉持は、自分の影響力に対して自覚がなさすぎ」

ハルヒがぴしゃりと言う。

「まあ、実際、歩の性格的に四間飛車って悪くない選択だと思うから、試してみるのはいいと思うけどね」

会話を無難にまとめようとした祐介は、倉持の茶碗にちらりと視線を送り、眉を跳ね上げた。

「倉持、だから、ご飯ばっか食べるなって。ご飯の淡泊な美味しさを味わうためにも、おかずと一緒に食べた方がいいんだって。ご飯にもおかずにも失礼だぞ。三角食べとか習わなかったのか」

「……なんか、前から思ってたけど……祐介ってお母さんっぽいよな」

「お母……さん」

倉持の言葉に祐介が絶句する。

「あー、確かに分かる。仲良くなると、おかんタイプになるよな。で、梶は空気の読めない親戚タイプ。仕事してなくて、急にふらっと家に来て、家族の分までご飯食べちゃうような奴」

「ハルヒ、梶が嫌いなのはもう分かったって」

祐介のうんざりしたような声に、ハルヒはキッと向き直った。

「分かったってさあ、祐介、分かってる？　あいつ、絶対、自分こそが団体戦のメンバーに相応しいって言い出すよ」

「……実際、それぐらいの実力あるだろ。四段なんだから」

祐介が言う。口元には自嘲的な笑いが浮かんでいた。

「なんで、そんな冷静なの。倉持は絶対だけど、俺か祐介が落ちるかもしれないってことだよ？　あいつに落とされるのも、あいつとチームを組むのも嫌だよ俺！　倉持はどう思う？」

突然、尋ねられ、倉持は自分が何も考えていなかったことに気づき、慌てる。

「俺は……そういうのよく分からないよ」

「分からないって、何？　俺らと一緒のチームじゃなくていいってこと？」

「そりゃ、慣れてるし、一緒のチームだったらいいって思うけど、でも、性格が合わないからって、チームが組めないっていうのも違う……気がする」

「なんか、優等生な答え」

つんと逸《そ》らしたハルヒの横顔には、少し傷ついたような気配があった。

「一緒にチームになれるように……頑張ろうよ」

倉持の言葉のストックには、こんな手あかの付きまくった量産品しか見当たらない。ハルヒはわざとらしいため息をついて、「どうせ、倉持には、分からないよ」と言った。

今度は倉持が重く押し黙る。やっぱり、線を引かれているんだなと思った。特別扱いは、ある種ののけ者だ。

「もう、なんだよ、お前ら。俺は平和に、楽しく合宿がしたいの。……分かったよ。俺のおかず、好きなのひとつずつ取っていいから、これ以上変な空気にするな、な？」

祐介の言葉に倉持とハルヒは思わず顔を見合わせる。そして、頷き合って、にやっと笑うと、二人は祐介の皿に躊躇なく箸を伸ばした。


部屋に布団が敷かれ、消灯の時間になっても、祐介はまだ夕食のことをぶつぶつと嘆いていた。特に倉持が遠慮なく、一尾しかなかったエビをさらっていったことが許せないらしい。

「祐介がいいって言ったんだろ」

「そうだよ、今更言うなんて、男らしくないぞ」

食事時の気まずい空気はなんだったのかと思うほど、倉持とハルヒの息はぴったりだ。

「なんか、釈然としないわー」

「まあまあ、お菓子でも食べて、機嫌直してよ」

ハルヒがカバンの中から次々とお菓子を取り出す。チョコレート、ポテトチップスから、酢昆布まで、圧巻の品ぞろえに、倉持はただ呆れるしかない。

「そりゃ、荷物が増えるわけだよ」

「やっぱり、泊まりといったらお菓子がないとね。長い夜になるんだから、カロリー補給は大事だし」

「長い夜？」

思わず倉持が聞きとがめる。

「そうだよ、俺たち、これから狩りに行くんだから」

はい、と渡されたのは携帯ゲーム機だった。気づけば、ハルヒの手にも、祐介の手にもゲーム機がある。

「何、これからゲームするの？　明日も朝から練習があるんだよ？」

「それはそれ、これはこれ。消灯時間に寝る合宿は合宿にあらずって言うだろ」

ハルヒの言葉に倉持は苦笑する。

「そんな言葉聞いたこともないよ。それに、俺、ゲームとか普段全然やんないし」

「だからこそ、やろうよ。倉持がゲーム持ってないって言ってたから、わざわざ親のを借りてきたんだよ」

そう言われ、しぶしぶゲーム機を手にする。画面に表示されていたのは、倉持も名前だけは聞いたことのあるゲームのタイトルだった。何人かでチームを組んで、巨大な獲物を狩る超人気ゲームだ。

「これ、難しいんじゃない？」

「大丈夫、大丈夫。将棋より簡単だから」

そう言って、ハルヒと祐介は操作法を倉持に一から根気強く教え込む。覚えることは確かに将棋に比べたら少ないかもしれない。しかし、脳の判断と指の動きを直結させるのが、倉持にはひどく難しかった。

「確かに、倉持って、頭の回転は速くても、駒を置くのすっごい遅いよな。せっぱつまっても変に優雅っていうかさ」

祐介の言葉に、ハルヒが噴き出す。

「そうそう。切れ負けの時なんてさ、最後の方、みんな慌てて乱暴に置くじゃん。時間勝負だから。なのに、倉持、絶対ペース変わんないの」

「……俺なりに急いでるつもりなんだけど」

「だから、脳から指までの回路がおっそいんだろうね。きっとこのゲームをやれば、いい効果があるよ」

ハルヒは適当なことを言って、倉持の背中をバンバン叩く。釈然としないながらも、倉持は習ったばかりの操作を頭の中で反芻《はんすう》しながら、ゲーム機をぎゅっと握った。

「じゃあ、実践いってみようか」

広い草原に大きなモンスターがうろうろしている。ハルヒと祐介が操作するキャラクターについていっていたはずなのに、いつの間にかその姿を見失った。

「あれ、二人どこ？　っていうか、今俺どこにいる？」

大騒ぎの末、ようやく二人に追いつくと、もう既に狩りは始まっていた。二人が太刀を振るうたびに、モンスターの体からは血が噴き出す。

「痛そう」

「何、女子みたいなこと言ってんだよ」

画面から目も上げず、祐介がツッコむ。

「わ、ちょっとこっち来た」

思わず体が動くが、肝心のキャラクターは動かない。倉持の分身はモンスターに跳ね飛ばされ、あっけなく倒されてしまう。

何度やっても操作は一向にうまくならなかったが、それでも何度か繰り返すうちに、少しずつできることが増えていく。着実に自分が成長しているという感覚は悪くなかった。ほんの少し、将棋を覚えたての頃の何もかもが新鮮で、喜びだった頃のことを思い出す。

少しずつ慣れた頃、倉持は二人の勧めでランクを上げるためのクエストに挑戦することになった。ターゲットとなるモンスターを二人の手厚いサポートによってなんとか倒し、倉持はランクを一つ上げた。

「俺の妹、ランクが上がったら、キャラが強くなるって勘違いしてたんだよね」

祐介が流れるような動作でキャラクターを操作しながら、笑う。ハルヒは「あるある」と応じた。

「確かにRPGの感覚でいるとそう思っちゃうかもね。このゲームのランクは将棋の段みたいなものだから。あなたはこれだけ強くなりましたっていう」

将棋でたとえられると、分かりやすいし、親しみも湧く。思った以上に奥の深い、ストイックなゲームだということが段々と倉持にも分かってきた。

「よくRPGでも、レベル上げまくって、装備も完璧で、無双したい奴っているけど、そんなの俺はつまんないって思うんだよね。やっぱさ、自分自身のスキルを磨いて、強い敵に立ち向かうっていうのがいいんだよ」

倉持の耳に、ハルヒの言葉はどこか暗示的に響く。画面の中で、倉持のキャラクターは巨大なモンスターの突進から逃げきれず、ぽーんと小石か何かのように弾き飛ばされている。

自分のあまりの無力さがなんだかいっそ爽快で、思わず倉持は声を上げて笑った。


次の日、完全に寝不足の状態で、３人は朝の練習に臨んだ。なんとか遅刻せず起きられたのは、寝落ちする寸前にきっちり目覚ましをセットした祐介のおかげだ。ゲーム機を持ったまま、横向きに寝ていたせいで、倉持の左腕はしびれていた。見れば、他の部員たちも皆一様に寝不足の顔をしている。

「眠いのは自己責任だからな。きっちり今日のスケジュールはこなしてもらう」

先生に釘を刺され、皆のろのろと、それぞれの練習場所に散る。錆《さ》びついたように動かなかった脳は、それでも無理やり動かしているうちに、滑らかに動くようになっていった。

夜、長い一日の練習を終え、倉持は中越に呼び止められた。寝不足のことを咎《とが》められるのかと思いきや、中越が指摘したのは、もっと根本的な将棋との向き合い方だった。

「君は強い。でも、一緒に指していて、私は君を怖いと思わない。それは私が君より強いからじゃない。君が本気じゃないからだ」

中越は扇子で膝を苛立たしげに叩いた。

「君を見ているとイライラする。強さを持て余しているように見えるからだ。確かに、君は部の中でも、全国的に見ても、抜きんでた実力がある。今持っている力を普通に使えば普通に勝てるだろう。それで君は満足なのか。もっと上を目指そうとは思わんのか」

まだまだ続きそうな中越の言葉を止めたのは、加藤だった。

「本気になれとか、そういう漠然とした根性論は今時流行《はや》りませんよ。データと効率の時代です。倉持くんが本気かどうかなんて、周りが決めることじゃない。本人がいいならいいじゃないですか」

「そんなことは分かってる。私だって説教は嫌いだ」

中越は倉持にぐいっと顔を近づけ、細い目を見開いた。

「今、嘘だって顔しただろ。本当に、私は説教なんて好きじゃないんだ。だけどな、誰かが言わないと、君はぼーっとこのままいきそうでな」

「いいじゃないですか」

「いいわけがあるか。今だって、自分の話なのに、全然口も挟まない。もっと自分を出すんだ。勝ちたい、認められたい、モテたい。そういう欲が君の中にもあるだろう。そういう欲を認めてこそ、向上心も生まれるってもんだ」

最近の若者は車もブランドものも欲しがらない。だから、日本は成長しなくなったんだ。そんな風に話は壮大に逸れていく。日本の未来を憂う中越の話をたっぷり聞かされた後、倉持はよく分からないままに解放された。黙って全てのやり取りを聞いていた本郷先生は、倉持に向かってただ小さくひとつ頷いて部屋を出ていく。慌てて追って、「先生」と声をかけた。

「先生はどう思いますか？」

「俺がどう思うかなんて問題か？　お前がどう思うかだろ」

先生はそれだけ言うと、肩をすくめ、立ち去ってしまった。

しばらくぼうっと立ち尽くしていた倉持は、気を取り直して歩き出す。離れにあるS級の部屋から自分の部屋に戻るため、うっすらと冷える長い廊下を歩かなくてはいけない。

日本の未来に関する話はともかく、自分に対する中越プロの言葉はとてもよく分かった。多分、自分は指摘のとおり、勝つことに対して貪欲《どんよく》になれず、本気になれずにいるのだろう。しかし、そんなことは薄々とではあるけれど、ずっと分かっていたことだ。

分からないのは、どうしたらいいのか、ということだ。そして、どうしたいのかということ。昨夜、眠い目をこすって続けたゲームのように、次に越えるべきちょうどいい難度の試練が目の前にあればいいのにと半ば本気で思った。

部屋に戻ると、祐介の字で「先に風呂に行く」とのメモがあった。しかしこの旅館にはいくつかの風呂がある。とりあえず、露天風呂に向かうがそこに祐介たちの姿はなかった。それどころか、将棋部のメンバーの姿もない。ただ、若い男性がひとり湯に浸かっていた。

祐介たちを探し回るのも面倒になって、倉持は露天風呂に入ることにした。そもそもそんなに長湯が得意な方ではない。少し浸かったら、すぐ部屋に戻ろう。そう思って、湯に体を沈めると、先客の若い男が、倉持を認め、「お、倉持謙太郎」と笑顔で声をかけてきた。

いかにも人が好さそうではあるが、見知らぬ顔だ。誰だろうと内心首をかしげていると、いきなり握手を求められた。

「全国優勝してくれてありがとう！」

痛いぐらいの力強い握手だった。

「……あ、ありがとうございます」

怪訝そうな倉持の顔にようやく気づき、男はああと破顔する。

「悪い、地元紙の記事で顔知ってたから、勝手にもう知り合いみたいな気持ちになってて。俺、時田。ここの旅館の息子で、将棋部の初代メンバー」

言われてみれば、目の前の笑顔は、確かに常に部員らをにこやかに見守る女将の笑顔と重なる。

「ああ……いつもお世話になってます」

慌てて倉持が頭を下げると、時田は照れたような顔で手を振った。

「いや、うちの旅館を合宿に使ってもらえて、俺も嬉しいんだ。今は仕事が忙しくて、あんまり将棋もできないでいるからさ。こうやって、後輩がここで将棋してくれてるってだけで、なんか将棋と繋がってる感じで、わりと満足してるんだ」

時田は両手で湯をたっぷりすくい、顔にかけると、星空を見上げて、大きく息を吐いた。

「しっかし、俺らが3人で始めた同好会が、今や全国優勝するほどの強豪になるとはねえ。もうさ、俺らの代なんて、県大会で入賞するだけでも夢のまた夢だったからね。なにせ、めちゃくちゃ弱かったから、3人とも。なんとなく休み時間に指して、楽しんでるレベルで、定跡なんかも全然知らなくてさ。だから、本郷先生は将棋が強いらしいって噂を聞いて、顧問になってほしいって直談判した時も、大会のこととかあんまよく分かってなかったんだよね」

時田は風呂の中の少し浅い場所に移り、気持ちよさそうに夜風にあたる。寝不足も相まって早くもぼうっとのぼせかけていた倉持は慌てて、それにならった。川から吹く冷たい風が、心地いい。

「同好会作って、すぐ大会に出たんだよ。岩手県将棋選手権だったかな。個人戦は一回戦負け、団体戦もストレート負け。惨敗も惨敗だったよ。完膚《かんぷ》なきまでに打ちのめされて。で、次の日、本郷先生に聞いたの覚えてる。『次の試合、いつですか?』って」

「えっ、打ちのめされて、すぐ、次の試合いつ、ってなったんですか」

「うん。もう二度とやるかって思っても可笑しくないぐらい負けたんだけどねえ。でも、とにかく早く次またやりたいって思って」

「すごいですね……向上心があるっていうか」

　倉持の脳裏には、さっきの中越プロの言葉がちらついている。

「向上心なんてそんな大層なもんじゃないよ。ただ、楽しいからやってただけ。あと、本郷先生につられたのかな。ほら、先生ってどんどん自分でやること見つけて、自分を大変にしていくでしょう。しかも、なぜか楽しそうでさ。その姿見てたら、なんかつられちゃうよね」

　時田が再び肩まで湯に浸かる。それを見て、倉持も慌てて、湯に体を沈める。風呂でも自分がどうしたいか分からないんだな、といささか情けない思いを抱きながら、風で冷やされた体を温めた。

「先生とか時田さんみたいに、行動力ある人、羨ましいです。俺、そういう部分ないから」

「お、なになに、青春の悩み?」

「青春って、リアルで初めて聞いたかも」

倉持が笑うと、時田も笑った。

「でも、青春かは分かんないですけど、確かに悩んでるの、かな。それさえもよく分かんなくて。……さっきも、中越プロに本気になれ、上を目指せって言われて。でも、正直、本気になるってどうしたらそうなるか分からないし、上っていうのが何かもよく分かんなくて」

「おお、悩んでるね」

なぜか、嬉しそうに時田は言う。

「なんでもどんどんやればいいじゃない。それだけの実力もあるんだし」

「……俺、そういうのなんか下手みたいで。そもそも、やることが見つけられないんですよね。キャンプとかみんなで何かやろうって時も、大抵そうなんです。みんな自分のやることを見つけて、どんどん行動していくのに、俺はいつも自分が何すればいいのか分からない。したいこととすればいいって言われるんだけど、それがまず分かんないんです。だから、結果、ぼーっとサボってるみたいになったりして」

「まあ、とりあえずいっぱい悩みな。そのうち、嫌でもやりたいこととか、やんなきゃいけないことは出てくるから」

「そんな……ものでしょうか」

自然と疑わしげな声になる。

「もっと自分を信じろよ。何せ、倉持くんは俺らOBの悲願を叶《かな》えてくれた存在なんだからさ。本当に感謝してるんだ。すごい勝手な思い込みなんだけどさ、俺も一緒になって優勝したみたいな、そんな気持ちがちょっとある。大げさに聞こえるかもしれないけど、俺の存在にも意味があったんだって思わせてもらったっていうか。それぐらい嬉しかった。じゃ、俺、先上がるな。後輩の活躍楽しみにしてるから」

倉持の肩を叩いて、時田が湯から体を起こす。一人残された倉持は出るタイミングを失い、だらだらと湯に浸かる。自分に注がれたたくさんの言葉が頭の中で湯気のように霞《かす》んで、ぼやけて、消えていく。気づくと、倉持は完全にのぼせていた。

脱衣所で清涼飲料水を一気飲みし、水分を取り、やっと少し人心地がつくと、ふわふわした足取りで部屋に戻る。

どこで何をしているのか、ハルヒと祐介はまだ部屋に戻っていない。

壁にもたれながら、何気なく携帯電話を手にし、母からのメールに気づく。倉持は機械的にメールを開いた。絵文字も改行も一切ない、簡素なメールだった。

「大切な報告があります。水野さんと相談し、将棋クラブを閉めることになりました。あなたが帰ってきたら詳しい話をさせてください。大事な報告をメールで伝えることになってごめんなさい。何度も伝えようと思ったのですが、直接話すことがどうしてもできませんでした。そして、あなたの大事な場所を守ることができずにごめんなさい」

どれぐらい時間が経ったのだろう、遠くから、ハルヒの笑い声とそれをたしなめる祐介の声が聞こえる。暗くなった携帯電話の画面から顔を上げる。気づくと、体はすっかり冷え切っていた。

第五章　金じゃなきゃダメですか?

ようやく春になり日が長くなってきたとはいえ、夜7時も近くなると完全に日は没し、夜の領域となる。しかし、一年の中で一番力を入れている将棋選手権まで一月を切った将棋部の部室には絶え間なく駒音が響いている。

昨年の全国大会制覇の影響もあり、今年は特に新入生が増えた。冬の間には、まるで冬眠でもしていたように休みがちだった一部の部員も顔を見せるようになり、部室はいつになく多くの人であふれていた。

「歩、最後、一局やんない？」

名人に声をかけられ、ハルヒと祐介の対局を見ていた歩は、頷いて応じた。

「最近、あんまやってなかったからさ」

毎日毎日、名人だけを相手に対局していた歩だが、最近では自分から声をかけて、いろんな相手と指すようにしていた。四間飛車という新しい戦法をなるべくいろんなタイプの相手に試したかったからだ。

久しぶりに名人と向き合い、扇子をはじく妙に手慣れた仕草を見ていると、自然と心が和む。いやいや、練習とはいえ勝負なんだからと自分を戒めながら、駒を置いた。

幾度となく対局してきた相手だけれど、自分の戦法が変わったことで、盤面の景色が違って見える。新鮮な気持ちで指していると、9四と指した歩を名人が9六歩と受けたのでびっくりした。

端歩《はしふ》を突くというのは四間飛車の定跡のひとつだ。それを相手が受けるかどうかで、相手が穴熊に囲おうとしているのかどうかが分かる。穴熊は手数もかかるので、もくもくと囲いに取り組まなくては開戦までに囲いが間に合わない。だから、穴熊を目指す人は、端歩を無視して囲いを急ぐというのが一般的だ。

名人といえば相手が振り飛車であれば、居飛車穴熊を迷わず選択してきた男だ。当然、無視するかと思ったのに、受けてきた。

どういうことだと、次の手を考えるのも忘れて一瞬、名人の歩を凝視してしまう。

「俺だって、変化してるんだから」

名人は扇子で口元を隠しながら不敵に笑った。

端歩をとっかかりに名人の穴熊を攻略することばかり考えていた歩は、慌てて戦略を練り直す。一応、端歩を相手が受けた場合の定跡だって勉強してきた。落ち着いて自軍を美濃《みの》という囲いで守りつつ、相手の出方を見る。名人は左美濃で守りを固めた。ようやく名人ならこう指すはずという思い込みが消え、ひとつひとつの手から相手の意図や裏の狙いを考えられるようになってきた。

倉持の一言をきっかけに四間飛車を試した時、歩は自分に劇的な変化が起こり、飛躍的に強くなることをうっすらどこかで期待していた。あれだけ強い倉持が自分に合っていると言ったのだ。自分でも気づかない資質を見抜き、最適な戦法を示してくれたに違いないと意気込んで試した。

しかし、そんな魔法のような変化が起こるわけもない。それどころか、慣れない戦法のせいで、ころころと負けた。

それでも指し続けていくうちに、ひとつの変化が生まれてきた。相手と無言のまま対話しているようなそんな感触を得るようになったのだ。居飛車と比べて、四間飛車は相手の出方を待ってそれに対応するという部分が多く、こちらの選択肢が少ない。だからこそ、自然と自分がどうしたいかよりも、相手がどうしたいのかを考えることが多くなった。

結局、これまでの自分は、相手のことを全然見ずに、一人で躓《つまず》いて、勝手に自滅していたのだなと思った。

そんな悟ったようなことを思っていても、名人が居飛車穴熊で来ると思い込んでしまうような、独《ひと》りよがりな面はまだまだある。

くよくよといつまでも落ち込みを引き摺る癖に、調子に乗りやすいのが自分の悪いとこだよな。

そんなことをやっぱりくよくよと反省していたら、角を交換するという一番苦手な場面になり、慌てて盤上に集中する。今も苦手な角だが、さすがに場数を重ねたことでなんとか対応できるようにはなってきた。それでも、陣の中に深く入りこんできた相手の龍馬《りゅうま》を見ると、平静ではいられず、肩にぐうっと力が入る。

圧のようなものを感じて顔を上げると、本郷先生が腕組みしながら、二人の対局をじっと見つめていた。歩の肩がさらに強張る。

いいところを見せようという余計な気持ちが働いたためか、それからの歩の手は精彩を欠いた。時間が少なくなってくると、ろくに考えることもできず、下手な手を乱発し、結局、負けるべくして、負けた。

「歩、自分でどこがターニングポイントだったと思う？」

本郷先生に聞かれて、歩は髪を手で鷲摑《わしづか》みにしながら考える。

「ええと……飛車と飛車が向かい合った時、自分の飛車を逃がしたとこですか」

「そうだ」

本郷先生はパパッと駒を動かしてその局面を作る。

「どうしたらよかった？」

「……自分の飛車を相手の飛車で取らせて、その飛車を桂馬で取る？」

「正解。飛車を逃がせば、空いたところに攻め込まれるだけじゃなく、逃がした飛車も十分に働けない」

「はい……言われたら、そうだって思うんですけど、どうも実際となると、まず大駒を取られたくないと思っちゃって」

「鹿を追う者は山を見ず」

それだけ言って先生は立ち去ってしまう。

「何、今の、ことわざ？」

声を潜めて聞くと、名人は肩をすくめた。

「よく知らないけど、言葉的に目の前のことだけじゃなくて、全体を見ろってことじゃないの」

「そっか」

鹿かあと思いながら、どうしても取られたくないと思ってしまった飛車を見つめる。

「それにしてもさあ、穴熊じゃなくて、びっくりしたでしょ」

名人はまるで殿様のようにそっくり返りながら、扇子で自分をあおいだ。

「歩が四間飛車にしてから、僕、連敗が続いてただろ。よく分からないままに負けちゃって。だから、僕は僕で対抗策を練ろうと思ったわけ。だって、僕だって、勝ちたいからね」

いつもどっしりと、穏やかな名人が珍しく少し荒々しい目をした。

「去年、C級で優勝したからさ、最後になる今年はB級で優勝しようと思ってる。歩は？」

「僕は……」

何も考えていなかった。合宿でB級に入ることができたので、大会でもB級でやれるかもしれないと密かに期待していただけだ。名人の宣言を聞くと、自分が向上心もない人間に感じられて、歩はつい「A級に出ようかな」と口走っていた。一度口から出た言葉は取り返しがつかない。耳まで赤くなった歩に、名人は一瞬目を丸くしてから、嬉しそうに笑った。

「いいじゃん。A級、挑戦しなよ。先生に相談してさ。まだ、詰めが甘いところあるけど、大会まできっちり対策したら、きっと行けるよ。ねえ、先生」

ぎょっとして名人の視線の先を見ると、一度、立ち去ったはずの本郷先生がいる。なんで今度は気配がないんだと恨めしく思いながら、背を丸める。

「歩……A級いいかもな」

思ってもみない言葉に、口がぽかんと開いた。

「……でも、僕、今も負けちゃいましたし……B級でも全然安定して勝てないと思うんですけど」

「B級で実績積んでもいいけど、早いうちにA級の空気を味わっておくのも、いいかもしれん。どうも、歩は空気に呑まれそうだからな」

決めるのはお前だからと言い残して、また先生は部室内の巡回を続ける。その背中を見ながら、歩は今の状況にぴったりのことわざが確かあったなとぼんやり考えていた。

「あ……瓢簞《ひょうたん》から駒だ」

歩の呟きを拾った名人がおっとりと「なんのこと？」と尋ねる。歩はなんでもないと首を横に振る。さっきまであれほどたくさんいた部員は歩たちを除くとあと二組ほどしかいない。歩たちは駒と将棋盤を黙々と片づけ始めた。

「そうそう」

名人は丁寧に駒をケースに収める。

「瓢簞から駒の駒って、馬のことだって知ってた？」

「え、将棋の駒じゃないの？」

「違うんだって。僕も一昨日、知った。それまで、歩ぐらい頑張れば出てくるんじゃないかとか思っててさ」

「確かに」

歩は笑う。思ったより大きな笑い声が出て、自分が今高揚していることを知る。多分、先生がA級に出ることを否定しなかったからだ。そんなの無理だと言わなかったからだ。それだけのことがこんなに嬉しいんだと自分の単純さが可笑しくて、また笑みが漏れた。

A級に出ようか、それとも、B級に出ようか。帰り道、歩はずっと考えていた。迷うことがなんだか嬉しくて、飴《あめ》を嚙まずに最後まで嘗《な》め尽くす小さな子供のような真摯《しんし》さで、ああでもないこうでもないと考え続けた。玄関のドアを開ける頃には、A級に挑戦するという方に気持ちは大きく傾いていた。

「ただいま」

歩の家は二階建ての一軒家だ。部屋数も多く広いのだが、何せ祖父が若い頃に建てた古い家だ。母は不便だ、不便だとしょっちゅう愚痴《ぐち》をこぼしていた。

何より不便なこととして母が真っ先にあげるのは、その寒さだ。家の全てを温めるのはまず不可能なので、栗原家では人がいる部屋だけ、集中的にストーブで温める。母は皆で一か所に集まれば経済的なのにとよく口にするのだが、それは母のトークを聞き続けるということであり、皆、寒い廊下を早足で移動し、自分の部屋に逃げ帰る。

春になっても、古い家はまだまだ底冷えするため、ストーブがなかなかしまえなかった。

玄関を上がり、スリッパを通しても伝わってくる冷気に耐えながら廊下を進むと、台所で母と話す妹の声が聞こえてきた。

「ねえ、塾の全国模試で18位ってすごいでしょ？　ずっと言ってたワンピースお願い！」

「そりゃあ、すごいけどねえ」

台所を覗き込み、少し躊躇って、ただいまと声をかけようとした途端、母がぱっと歩の方を見て、小さな声を上げた。

「嫌だ、びっくりした。何そこでお化けみたいにぼーっとつっ立ってんの」

「……ただいま」

口から出た途端、消えてしまうような小さな声で言って、台所を離れる。

「ねえ、ちょっと、歩」

足を止めて、しぶしぶ振り返る。

「今日、晩ご飯、何食べたい？　お母さん、パートで遅くなって今からご飯作るんだけど」

「……なんでもいいよ」

「そういうのが一番困るのよ」

「……じゃあ……カレー」

「お兄ちゃん、普通に考えて、今から煮込むの大変でしょ」

妹がたしなめるような口調で言う。「ごめん」と歩は反射的に謝った。

「お刺身かなんかでいいよ、お母さん」

「そう？　じゃあ、スーパー行ってこようかね。特売になってるかもしれないし」

妹の提案に、母がエプロンを外しながら、財布を摑む。今日はお刺身かと思いながら、その場を離れる。

夕食のリクエストもうまくできない自分が可笑しくてうっすらと笑う。

階段を上りながら、全国で18位かと思う。すごい成績だ。A級に出るかもしれないということぐらいで、はしゃいでいた自分が途端に情けなく思えて、口元の嘘の笑顔もゆっくりと消えた。

夕食のメニューはやはりお刺身だった。歩への気遣いなのかもう一品用意されたサバのフライはカレー味だった。

夕食の間、母はいつものように切れ目なく話し続ける。妹はワンピース購入を確実にしたいためか、いつになく愛想よく相槌を打っている。

「で、今日は部活どうだったんだ？」

母が席を立った隙に、祖父が尋ねた。歩が「別に」と答えても、彼は根気強く質問を投げかけ、結局、歩はA級に出るかもしれないという話を口にしていた。

「へえー、ついにA級にねえ。そりゃ、大出世だ。立派なもんだ。先生は歩の才能が分かってらっしゃるんだよ」

祖父はいつも以上に歩を褒めちぎる。歩は居心地の悪さに思わず身じろぎした。

「でも……A級に出るかもって可能性の段階なんだろ」

喉を鳴らしながらビールを飲んだ父が口をはさむ。最近、めっきり酒に弱くなった父は、缶ビール1本で顔を赤くしている。

「そうだけど……どのクラスに出るか決まりはないから、自分が出ようと思えば出られるよ」

「でも、だからこそ自分の実力に見合ってるかっていうのが大事なんだろう」

父が鼻を鳴らす。

「無理して実力以上のところに出たって意味はないだろ。そこで成績を残せないと」

「だから、お前はどうしてそうやって頭から決めつけるんだ。歩の力をよく知る先生が認めてくれているんだぞ」

険しい口調の祖父に、父はグラスにビールを注ぎながら、淡々とした口調で応じる。

「お父さん落ち着いてくださいよ。先生は歩にA級の力があるって言ったんじゃないんですよ。A級に出ることを止めなかっただけです。それを拡大解釈して、舞い上がって、恥をかくのは歩なんですよ」

　自分は先生の言ったことを拡大解釈して、舞い上がっていただけなのか。そして、恥をかくことになるのか。

　あまりにも乱暴な決めつけように、さすがにそのとおりだとは思えなかった。しかし、父の言葉が何の傷も与えなかったわけでもない。父の中の自分の評価が高いとは思っていなかったけれど、ここまで低いのかと思うとすっと体が冷たく硬くなった。

「何の話？」

　父のためのつまみを手にした母が戻ってくる。父が面倒くさそうに説明すると、母は「あら、いいじゃない」と無責任に明るい声で言った。

「強いライバルがたくさんいる方が、きっと歩も頑張れるだろうし」

「歩はそういうタイプじゃないだろう……人一倍ゆっくり確実にやった方がいい。九九だって、自転車だって、早くやらなきゃいけないとプレッシャーを感じるたびに、いつも失敗してきたろうが」

「僕……A級に出るよ」

　思ったよりしっかりした声が出た。食卓が一瞬しんとする。歩はもう一度、自分自身にも宣言するように繰り返した。

「僕、Ａ級に出るよ」

「よく言った！」

祖父が喜色満面で手を叩く。

「いいじゃない。へえ、楽しみね」

ワイドショーで浮気を追及され、しどろもどろになる芸能人を見ながら、母が軽く言う。

父は無言で新聞を広げた。

「……まあ、お前の人生だからな。お前がいいならいいいんじゃないのか」

だいぶ間を置いて、まったくいいとは思っていない口調で父が言う。それでも父が一応は肯定的な言葉を口にしたことに、歩は小さな勝利を感じた。


しかし、そんな小さな勝利も長くはもたなかった。部屋に戻ってすぐ、ゆっくりと後悔のような気持ちが押し寄せてきてベッドに突っ伏す。頭のイメージの中で、瓢箪から飛び出た馬が鼻息荒く暴れまわっていた。

Ａ級に出ると決めたことよりも、Ａ級に出るということをまるで武器であるかのように振りかざしたことに後悔があった。もっと大事に、一人できちんと考えて、きちんと決めたかったのに。

ノックの音がする。のろのろと体を起こしてドアを開けると祖父が立っていた。

「将棋やらないか。A級に挑戦するんだし、一局でも多くやった方がいいだろう」

「……今日はいいよ。そんな気にならないから」

「なんでだ。お父さんをギャフンと言わせてやりたいと思わないのか」

「……そういう風な気持ちではやりたくないよ」

「そういう心根の正しさはお前のいいところだが、ナニクソと思う気持ちも時には力になるんだぞ。あいつはどうもお前の力を過小評価してる。歩だと侮《あなど》ってるんだ。私はそれが悔しくてならない。お前は悔しくないか？　自分は金だと証明したくないか？」

祖父の手が、両肩にかかる。その体温と重さが妙に生々しく、絡みつくようで、歩は咄嗟に振り払った。祖父は振り払われた腕をだらんと垂らして、ただただびっくりしている。

「……そういうのも、ちょっと苦しいんだ」

自分でも心が冷えるほど冷たい声が出た。

「勝手に否定されるのも嫌だけど、勝手に期待されるのもしんどいよ。おじいちゃんは僕の味方になっていつも励ましてくれるけど、時々、僕じゃなくて、おじいちゃんの中の理想の僕に話してるんじゃないかって思う時がある。歩から金になれって言われるたびに、今の自分はダメだって言われてる気になる」

まるで体に害のあるものを飲み込んだ時の吐しゃ物のように、言葉が口からとめどなく流れ出す。

「そんな風に……感じていたのか……それは……悪かった。……どうも、混乱していて、うまく言葉が見つからない。また、明日にでもゆっくり話そう」

しゃがれた、力のない声だった。

「ひとつだけ、これを言うのもお前には負担になってしまうのかもしれないが……今のお前がダメなんて、そんなことは絶対にない」

ドアがゆっくりと閉まる。歩はそのドアにもたれるようにしてしゃがみ込む。

その途端、図ったようにメールの着信音が届き、歩は思わず、のけぞりドアに頭をしたたかにぶつける。頭を押さえながら携帯電話をチェックすると、妹の香織からだった。

お互い一応アドレスは知っていたけれど、実際送り合うようなこともなかったので、ドキッとした。「ああいうのやめてほしいんだけど」というタイトルのメールは、かなりの長文だった。

「ご飯食べてる時、お兄ちゃんのことでお父さんとおじいちゃんが言い合うみたいな感じになるの、すっごい迷惑なんだよね」

それは自分のせいじゃないと思った。しかし、その反応を見透かしたように妹は次のように続ける。

「お兄ちゃんは自分のせいじゃないと思ってるでしょ。確かに、お兄ちゃんは悪くない。でも、私が言いたいのは、お兄ちゃん自身のためにも、もっとうまくやってってこと。お兄ちゃんは正直すぎるんだと思う。心配性な相手が心配するだろうなってネタそのまま言っちゃダメじゃん。伝える情報はコントロールしないと」

妹は自分の模試のことを例に挙げた。母に全国18位だと伝えたけれど、実は全国でそのテストを受けたのは50人ほど。実際は平均的な成績なのだという。

「きっとお兄ちゃんは嘘だと言って嫌な顔するだろうけど、ちょっといいように誤解してもらうぐらいの嘘って私は大事だと思う。だって、その方がお互いストレス少なく過ごせるもん。ということで、まあ、無理だと思うけど、食事中ぐらい気持ちよく過ごしたいので、できるだけ気をつけてください。

追伸・模試のことお母さんに言ったら、一生許さないので」

携帯を壁に投げつける。砕けてしまえばいいと思うほどの気持ちで投げたはずなのに、携帯はコンという微《かす》かな音を立てただけで、無傷で床に転がる。ただ、壁には小さな凹みができてしまった。小さいのにやけに目立つその凹みを見て、なにやってんだろうと思った。

次の日、どんな顔をして家族と顔を合わせればいいのか分からなかったので、朝練の約束があると嘘をついて、食事をとらずに家を出た。母と会話している間、祖父の視線を感じたけれど、気づかないふりをした。

学校にいる間もずっと昨日のことが気にかかっていた。おじいちゃんは明日話そうと言っていた。家に帰れば、おじいちゃんと向き合って、話すのかと思うと何とも気が重かった。

家に帰る時間を引き延ばそうと、いつも以上に対局を重ねる。しかし、勝負に集中できるはずもなく、結局、歩は一勝もできなかった。時間は7時を回り、部室に残るのは歩と彼に付き合ってくれている名人だけになった。本郷先生に促され、しぶしぶ帰り支度を始める。その時、マナーモードにしていた携帯電話を見た歩は画面を埋め尽くす母からの着信履歴を見て、思わず凍りついた。数分間隔で表示されている着信履歴はただ事ではない。慌てて、折り返すが、電波の届かないところにいるというアナウンスが流れるだけだった。

思いついて、家に電話をかける。しかし、コールが鳴るだけで、誰も出ない。少なくともおじいちゃんがいるはずなのに、いくら待っても応答はない。嫌な予感しかしなかった。妹に電話をかけようと番号を表示させた途端、母からの電話が鳴った。

母は「そんなに大したことないのだけど」とか「心配ないということなのだけど」と言った前置きをくどいほどつけた上で、祖父が病院に運ばれたことを告げた。

家の中のちょっとした段差に躓き、転んだ拍子に腰の骨を折ったのだという。母がパートから帰った時、祖父は廊下で倒れていた。痛みからか気を失い、廊下の寒さで体は冷え切っていたという。

母が最初に言ったように命に別状はないものの、手術をし、ボルトで骨を固定しなければならない。しばらくは入院が必要とのことだった。

歩は本郷先生が気を利かせて手配してくれたタクシーに乗って病院へ向かう。タクシーに一人で乗るのは初めてだったが、そんな緊張を感じる余裕もなかった。

母は大丈夫だと言うけれど、祖父の顔を見るまで安心できなかった。痛いぐらいに鳴る心臓を手で押さえる。おじいちゃんが転んだのは絶対自分のせいだと思った。

タクシーの中で歩は母が自分を安心させるために嘘をついているのではないかと何度も疑ったが、実際、祖父の怪我は決して致命的なものではなかった。腰という重要なパーツの怪我だったが、祖父が年齢の割にしっかりとした体をしていたこともあり、絶対にまた歩くことはできると医者は太鼓判を押した。

実際、祖父も意外と元気そうで、歩が病院に駆けつけた際には、「びっくりさせて悪かったな」と笑いながら歩を気遣うほどだった。

しかし、その様子が変わってきたのは、2週間後に退院し、家に戻ってきてからだ。言葉数が少なくなり、食事も残すようになった。しきりに疲れを訴えるようにもなった。何時間も冷たい廊下に倒れていたせいで、祖父はひどい風邪を引いた。怪我よりもむしろそちらの影響の方が強いようだった。

怪我の直後、歩に見せた笑顔が何だったのだと思うほどに、祖父の顔からは笑顔が消えた。あんなに好きだった将棋もやりたがらない。「もうどうせ歩けない」と口にするようになり、リハビリも嫌がるようになった。

「動けなくなったことをきっかけに、急に何もかも自信をなくして、老人性鬱《うつ》になる人って多いらしいの。歩もおじいちゃんのこと気遣ってあげてね」

母が少しやつれた顔で言った。母は祖父が怪我をして以来、パートを休んで祖父の世話をしている。祖父はまだ一人では用を足せない。トイレに行きたいと、祖父は一日に何度も母を呼んだ。真夜中のこともあった。飛び起きて駆けつけても、実際尿が出ないことも少なくなかった。遠慮して我慢するのも体によくないから、母は祖父の訴えが空振りに終わっても、一切文句を言わなかった。しかし、その徒労感は少しずつ、母を疲弊《ひへい》させていった。

歩は妹から、発見された時、祖父が失禁していたことを聞いた。年の割に健康だと自負していた祖父にとって、それは自分が老人だと感じさせるには十分な出来事だった。怪我よりものことの方にショックを受けていたように見えたと母は妹に打ち明けたらしい。そのショックもあって、また失敗することが怖いのだろう、と。

実際、怪我をしてからの祖父は明らかにぐっと老け込んでいた。それまで、歩は祖父のことを「おじいちゃん」とは呼んでいたけれど、「老人」と感じたことはなかった。しかし、数週間のうちに明らかに二回りほど小さくなってしまった祖父は、老人にしか見えなかった。

老人性鬱は薬による治療がメインだ。母はもとの元気な祖父に戻ると言った。それを信じよう。信じなければと思うのに、今度こそ自分を安心させるための嘘だとしか思えなかった。

それでも、歩は毎日家に帰ると祖父の部屋に直行し、将棋に誘った。必ず断られるけれど、気にしないふりをして、祖父から見えるところで、将棋の勉強を続ける。祖父が怪我したのは自分のせいだという思いは何をしていても常にまとわりついたまま、消えずに残っていた。

夜の部室は静かだった。

早く帰って、祖父のもとへ行かなくちゃと思うのに、心が重くて、なかなか腰が上がらない。歩はこのところ最後の一人になるまで部室に残るようになっていた。

名人も先生も先に帰り、一人残った歩は窓の施錠を確認する。すると、部室の隅からごそっと動く気配がして、歩は短い悲鳴を上げた。

「え、何、歩？」

のっそりと立ち上がったのは倉持だった。眠そうに目をこすり、外を見て、「え、なんで？　暗い」と驚いている。

「そりゃあ、もう7時過ぎてるし」

「マジで。あれ、おかしいな。10分ぐらいうとうとしてたつもりだったのに」

聞けば、机に突っ伏して目を閉じたのが4時頃だというから、3時間も眠っていたことになる。

「なんだよ、誰か起こしてくれればいいのに」

「本格的に寝てたから、起こせなかったんじゃない」

「いや、だからってこんな時間まで起こさないのはおかしいでしょう」

ぶつぶつ言いながら、倉持は歩を手伝って、施錠を確認する。

自然に二人そろって学校を出る形になった。倉持と挨拶程度以上に話すのは、合宿の時以来だ。何を話すべきかと焦っていると、倉持がのんびりした口調で、「A級出るんだって？」と尋ねた。

「なんで知ってるの？」

「あれ、秘密だった？　ハルヒとか普通に知ってたけど」

「いや、秘密じゃないんだけど……ちょっとその、恥ずかしくて」

「恥ずかしい？　なんで？」

「正直に言うと、実力が伴ってないのにって負い目があるからかな。他の人みんな強いから、場違いな奴が混じってるとか思われたら嫌だな、とか。ちょっと正直に言いすぎかな。……引いた？」

暗い中を歩いていると、相手の顔もよく見えず、独り言に近いような妙に気安い言葉が出てしまう。急に気まずくなって黙っていると、倉持が怪訝そうな顔で首をかしげた。

「歩はA級で出たくないの？」

「……出たい、と思う」

「じゃあ、いいじゃん……とは思えないか。周りがどう思うとか気になるよな」

「え、倉持くんも気になるの？」

口にしてから慌てて、手で押さえる。もちろん、言葉は取り戻せない。倉持は苦笑した。

「俺って誰にどう思われようと気にしないタイプに見える？」

「……ちょっと」

「えー、なんでだろ、服とか髪形とかあんま気にしないからかな」

「うん……なんとなく雰囲気かな」

将棋をしている時も、みんなといる時もどこか倉持のいる世界だけ色が違うような独特の雰囲気。それは歩にとって強い憧れを抱かせるものであったのだけれど、それをいいことと
してうまく伝えられない気がして口ごもる。

道がコンビニに差しかかった。倉持は「ちょっと待ってて」と言い残し、コンビニに入っていった。

「はい、これ」

差し出された包みを受け取る。夜の空気で冷やされていた指先が、じわっと温《ぬく》もる。歩が一瞬ぼっとしていると、「肉まん。ピザまんの方がよかった？」と、しぶしぶというように倉持が尋ねる。慌てて首を横に振ると、ほっとしたような顔になった。

「あ、お金」

慌ててカバンを探ろうとすると、「いいって、いいって」と倉持が手を振る。

「歩が起こしてくれなかったら、学校で一晩過ごすことになってたかもしれないし。そのお礼」

「……悪いよ」

「いいって、いいって。じゃあ、今度、ジュースでも奢《おご》ってよ」

「分かった。絶対、奢るから。ほんと、絶対」

「百円ちょっとぐらいで、そんな命がけみたいに言わなくても」

倉持が笑う。照れくさくなって歩も笑った。

自分で気づいていないだけで、相当お腹が減っていたようで、肉まんが無性に美味しく感じられる。がつがつと頬張り、ふと横を見ると、倉持も一心不乱にピザまんを食べていた。

「やっぱさ、味のある食べ物って美味しいよな」

「何、味のない食べ物って」

冗談だと思って笑って聞き返すが、倉持は真剣だった。

「食べ物なんて、カロリーがあって、食べられればなんでもいいと思ってたけど、やっぱり美味しい方がいいよね」

「そうだね」

歩の脳裏に「美味しくない」と食事を嫌がるようになった祖父のことが思い浮かぶ。それも鬱の症状のひとつなのか、祖父は食べることを面倒がるようになった。以前は大好物だったものも、一口かじって押しやってしまう。

倉持はピザまんに張り付いていた薄紙を丁寧にくるくる丸めると無造作にポケットに突っ込んだ。歩もくしゃっと丸めて、カバンに放り込む。

黙々と並んで歩く。いつの間にか沈黙は気にならなくなっていた。

「歩って、自分にとっての緊急避難場所みたいなとこってある？　何かあるとなんとなく足が向くような場所」

　倉持がほとんど息のような小さな声で尋ねる。

「おじいちゃんの部屋かな」

　間髪を容れず答えていた。

「おじいちゃんの部屋ってさ、なんかいい匂《にお》いがするんだよね。おばあさんの扇子なんかで、使われてるいい匂いのする木あるじゃん。ビャクダンって言うんだっけ？　あの匂いがしてさ。小さい頃からあの匂い嗅《か》ぐと落ち着いた」

　本当のことを言えば、今の祖父の部屋はほとんどビャクダンの匂いはしない。母は変わらず祖父の部屋を清潔に保っていたけれど、それでも消しきれないどことなく動物的な、生々しい匂いが濃くなってきていた。

　倉持に話すうちにあの匂いが懐かしくなって、懐かしいと思うほど遠くなってしまったことが悲しくて、少し涙が滲んだ。瞬きをして必死に涙を散らし、「倉持くんは？」と聞き返す。倉持は自分から聞いてきたことだというのに、聞き返されることなどまるで考えていなかったようで、長く黙っていた。もう、質問はキャンセルされたのだと歩が思いかけた頃、倉持は「ないんだ」と答えた。

「いや、もうすぐなくなっちゃうっていうか。ずっと、あるの当たり前と思ってて。でも、なくなるってことになってから、やっぱ大事だったんだって気づかされた。って、なんかＪ－ｐｏｐの歌詞みたいなこと言ってるけど」

　倉持はハハと力なく笑う。

「でも、ほんと思う」

「そうなんだ」

　それがどこかはあえて聞かなかった。

「そういう場所がなくなったらどうするのかなって思って、ハルヒに聞いてみたらさ、『新しく作る』って即答で。自分にはまったくない考え方すぎてちょっと尊敬した」

　駅が近づいてくるにつれて、道は明るくなっていく。暗闇が演出した親密さは消え去り、自然、二人の口数は少なくなった。

　そのまま言葉少なに倉持と別れた後、歩は帰宅を急いだ。ほとんど小走りになって、家に戻ると、真っ直ぐ祖父の部屋に飛び込む。

　最近ではもはや馴染みつつある、汗と埃《ほこり》が混ざったような匂いがする。しかし、その匂いの奥には、ビャクダンの香りも微かではあるが残っている。

　祖父は眠っている。眠った顔が見知らぬ老人のようで怖くなる。口の周りの肉がいつの間にかそげ、弛《ゆる》んでいる。

「おじいちゃん、僕ね、A級に出ることになったよ」

返事はない。祖父は口を大きく開けたまま、寝ている。その微かな寝息を聞きながら、歩は声を殺して泣いた。

立派だとか、お前なら**金**になれるとか、ちょっと前まで聞くたびに気が重いと感じていた言葉を今すぐ聞きたかった。


岩手県将棋選手権の日、会場へと向かいながら歩は何度も何度も掌《てのひら》に人を書き、呑み込んでいた。いつも以上に落ち着かなかった。A級に参加するというプレッシャーだけでなく、朝、大声で言い合う両親の姿を見てしまったということも多分に影響していた。両親は歩の姿を見ると、ぴたっと喧嘩を止めたけれど、普段あまり衝突することがない二人が形相を変えて言い合う光景は鮮烈に脳裏に焼き付いている。

出がけに祖父に大会に行ってくると声をかけたが、祖父は分かっているのか分かっていないのか、ぼうっとした顔でただ「そうか」と言った。

開会式の後、歩は別会場となる名人と別れ、ひとつ上の階のA級の会場に向かう。初めて足を踏み入れるその会場は、明らかにB級、C級の会場とは違う緊張感に満ちていた。

すっかり圧倒され、呼吸も自然にできない。歩は指を襟元に指し込み、隙間を作る。しかし、息苦しさは変わらない。

心の準備が整わないままに、第1回戦が始まった。

相手はライバル校であるM高の1年生だ。白い顔を強張らせた彼が期待の新人であることは、M高のギャラリーの多さからも知れた。

開始してすぐに、歩は内心、しまったと呻いていた。後手の相手が6四歩と動かし、右四間飛車で行くつもりだと察したからだ。

右四間飛車は名前だけ見ると四間飛車の一種のようだが、実は居飛車の一種だ。四間飛車の天敵ともいえる存在で、ちゃんと対策を知らないと、面白いようにやられてしまう。

四間飛車で行こうと決めてから、もちろん右四間飛車対策の定跡も勉強した。しかし、まだ自信がないのが実際のところだった。

歩は必死に本で見た右四間飛車の対策を思い出す。なんとかその形を作ろうとする。相手の仕掛けに死にもの狂いで対応する過程の中で、目まぐるしく互いの間を駒が行き来する。最終的に、歩は桂馬一枚得していた。桂馬は右四間飛車の攻撃の要だ。歩が優勢な局面だった。相手は長い時間を使って考え込んでいる。

その隙に続く展開を考えるが、何も浮かんでこない。似たような場面を検討したことがあるはずなのに、まるでちぎり取られた地図のように、すぽっとそこだけ記憶が抜け落ちていた。

優勢なのだから、落ち着いて指せば勝機はある。考え考え指していくが、相手の王様をどうしても捕えることができない。結局、寄せの巧みさは相手方に軍配が上がり、歩は「参りました」と頭を下げた。

感想戦では相手に、「途中、ガラッと指す手が変わりましたね」と的確に指摘された。定跡から外れた後の手を改めて動かしてみると、明らかに最善ではない手が混じっている。それらを相手は丁寧に解説してくれた。知っていたのに忘れている手があった。全然知らない手もあった。どちらも悔しかった。

しばらくして2回戦目が始まり、歩は所在なげに祐介たちの対局をギャラリーの後ろから覗き込んでいた。次第に頭がぼうっとしてきたので、熱戦が続くA級の会場を抜け、トイレに向かう。

何度も何度も冷たい水で顔を洗う。鏡の中の情けない顔の自分と向き合い、昨年の大会の時も同じようなことをしていたなと思い出した。

ふと気づくと隣の洗面台に本郷先生が立っていた。もう、昼休みに入ったらしい。先生は短く「残念だったな」と言った。

「やっぱり僕にA級は早かったんですかね」

歩がぽつりと言う。

「それを決めるのは、君だ」

正面を向いたまま丁寧に手を洗うと、先生は冷たく聞こえるほど、淡々とした口調で言った。

「そう、ですね」

A級に出ることをなぜ止めてくれなかったのだと、先生を責める気持ちが少し自分の中にあることを、歩は恥じた。

「歩の家はどうか知らないが、うちの家の水道は冬、なかなかお湯に切り替わらない」

「……はい」

唐突に始まった話がよく見えないままに相槌を打つ。

「不思議なもんで、お湯に切り替わる寸前、水は一段と冷たくなるんだ」

「はい」

「その際、水に戻すか、お湯を出し続けるかは、お前次第ってことだ」

分かったような、分からないような。でも、励まそうとする先生の思いだけは分かるような気がして、頷く。先生はうむ、というように深く頷き、トイレを出ていった。

個人戦の優勝は今年も岩北高校が独占した。名人は宣言どおりのB級優勝とはならなったが、それでも準優勝という結果を残し、満足げだった。

家族にこの結果をどう伝えよう。機械的に伝えるか、わざと明るいトーンで言ってみるか。迷いながら家に入ると、家には祖父と父しかいなかった。

母と妹は午後から出かけているのだという。

「香織がな、今夜ぐらい男3人で何とかしろってすごい剣幕で言い出して、母さんを連れて出かけてしまったんだ」

母は台所で真っ青な顔でしゃがみ込んでいた。それを香織が発見したのだ。ただの立ちくらみだと母は言ったが、香織は、「このままじゃ、お母さんまで病気になっちゃう。それでもいいの」と父を責め立てた。そして、女二人で美味しいものでも食べてくると言い残し、母を引き摺るようにして出かけていったのだ。

「おじいちゃんは？」

「ああ、さっき見たら寝てたよ。呼べば分かるようにスピーカーも設置してあるし、しばらくはそっとしておいて大丈夫だろう」

「ちょっと顔だけ見てくる」

「起こさないようにな」

そうっと祖父の部屋に入る。祖父はぴくりともせず、眠っている。

父のいるリビングに戻ると、父は片っ端から引き出しを開け、何かを探していた。

「歩、あれ知らないか、出前のチラシ」

「知らない。いつもお母さんが出してくれるから」

「まったく、すぐに分かるところに置いておけばいいものを。どこにしまい込んだんだか」

母もすぐ出せるところに置いてあるはずなのに、二人がかりで探しても結局、チラシは見つからなかった。

結局、父は電話帳から近所のそば屋の電話番号を調べ、電話をかけた。電話帳なんて、春久が見たら、昭和だと言うだろうなと思って、しばらく彼の姿を見ていないことを思い出す。今日の大会にもその姿はなかった。

「出前をとるのも一苦労だな」

父がこぼした。母がいない家はしんと静かで、いつもよりがらんと広く感じる。

「おじいちゃんは夕飯食べたの」

「ああ、一応。食べるもの自体はお母さんが用意していたからな。私が食べさせた。まあ、ほとんど食べなかったが」

父は読むでもなく新聞をめくりながら言った。

「しかし、あれだな、食べてもらえないというのは、嫌なものだな」

「お母さん、毎日、それやってるんだもんね」

「お前に言われなくても分かってる」

父がぴしゃりと言った。

出前のそばが来て、男二人向かい合って啜る。食べている時は母の声があるのが当たり前という意識があるためか、一層静かだと感じた。

「今日、大会どうだったんだ」

「知ってたの?」

「それぐらい知ってる。……まあ、母さんが一週間前から大会だ、大会だって騒いでたからな」

「その割に、今日は大会だって忘れてたみたいだね」

「別に忘れてたわけじゃないだろ。それだけ、限界だったんだ」

「そうだね」

母が限界に達していると気づかなかったことを棚に上げ、自分に関心を持ってもらえないと嘆くなんて、子供っぽいと思うが、寂しい気持ちは拭えなかった。

「で、どうだったんだ」

「ダメだった」

私の言った通りだろうと言い募るかと思いきや、父は悲しそうな顔で「そうか」と言った。

「お前は誰に似たんだかなあ。真面目で一生懸命なのに、なんだかうまくいかない。これっていうのが、お前にもひとつはあればいいんだけどなあ」

憐《あわ》れまれるぐらいなら、頭ごなしに叱られる方がまだマシだと思った。

悔しかった。不意に負けた時の悔しさも鮮明に蘇ってきて、胸の中が悔しさでいっぱいになる。

父が自分から食器を洗うと言い出したので、片づけを任せ、歩は祖父の部屋に向かった。

祖父はまだよく寝ている。あまりに動かないので、歩はなんとなく心細くなって、祖父の手を取った。かさついた手の温かさにほっとする。手を握りながら、歩は呟くような声で言った。

「おじいちゃん。A級、ダメだった。一勝もできなくて。でも、途中まではいい感じだったんだよ……ほんとに。……僕ってそんなに何もできない人間かなあ」

震える声で発した言葉に、祖父からの答えはなかった。うなだれる歩の耳元に不意に「立派だ。歩は立派だよ」という祖父の言葉が鮮やかに蘇る。歩は祖父の手を固く握り、唇を痛いほど噛んだ。

第六章　当たり前の未来

盤面を睨み、むうと唸ると、中越プロは麦茶をごくりと飲んだ。左手の扇子でぱたぱたと風を送る。冷房が効いているのに、その額には汗が滲んでいた。

倉持は慣れない正座でしびれる足を意識しながら、彼の言葉をじっと待っていた。対局が終わり、ゆうに5分は経っている。

「君は私をバカにしているわけではないのだろうね」

ようやく口を開いた中越は、低い声でいかにも不機嫌そうに言った。

全国大会を目前にした恒例の夏合宿は2日目だ。1日目に続き、中越と対局した倉持は、ハンデを確実に活かし、きっちりと勝利を収めていた。

「負けたから文句をつけているわけじゃないよ」

中越は言わずもがなのことを言いながら、イライラと扇子を開閉させる。

「なんだね、今の嘘くさい将棋は」

「嘘くさい？　どういうことでしょうか。ただ昨日言われたことに気をつけて指したつもりですけど」

昨日の対局の後、中越はまた倉持に苦言を呈した。「もの分かりのいい将棋になっている」と言うのだ。どういうことかと尋ねてみたところ、どうやら、倉持の将棋がスマートすぎるということらしい。学生なんだから、もっとがむしゃらで泥臭い将棋を指してもいいのではないか。確かに負けない将棋を指すというのが、高いレベルの勝負では求められる。しかし、泥臭く勝利に執着する気持ちは持っているべきなのではないか。そう言われ、倉持は必死に食らいつく場面を作り、自分なりの泥臭さを表現してみた。それがまた気に食わなかったようだ。

「私が言っているのは魂の話だよ。それっぽく形を真似たって意味がないんだ」

「すいません。どうしたらいいか分からなかったので、まずは形からと思いまして」

「やっぱりわざとだったんだな」

中越が扇子で机を叩く。誘導尋問だったのかと内心舌打ちする。

「春の合宿の時から、悪化してないか」

「悪化……ですか？」

「機械化が進んどる」

近くでハルヒたちと多面指しをしていた加藤がぷっと噴き出した。

「それって、倉持くんの将棋がより研ぎ澄まされた、隙のないものになってるってことじゃないですか？　いいことですよね」

加藤の言葉に、中越は子供のようにぷいっと顔をそむけた。

「そりゃあ、将棋は強くなってるかもしれん……でも、かわいくない」

ボソッと口にされた言葉は、着物姿の老人から出るには不似合いな、拗《す》ねたような響きがあった。


将棋クラブを閉めると告げられた瞬間、倉持の中で何かが死んだ感覚があった。何がかは分からないが確実に何かが失われた。何か分からないから、失ったことを惜しむ気持ちもなかったけれど、それはもしかしたら、中越の言う「かわいげ」だったのかもしれない。あの瞬間から、自分がもう子供ではなくなったことを、倉持は確かに感じていた。

将棋クラブを閉めることは、もう、半年も前から決まっていた。水野も既に知っていた。倉持だけが知らなかったのだ。そのことを知っても、水野を責める気持ちは湧かなかった。事情を知った倉持と顔を合わせた際の水野の苦しそうな姿を見て、逆にどれだけ気を遣わせてきたのだろうとすまなく思った。

深夜、小料理屋の営業を終え、帰宅した母とダイニングで向き合い、倉持は詳しい事情を聞いた。クラブを閉める理由は、やはり経営的な問題だった。客が少なくなり、単純に維持できなくなったのだ。ちょうど賃貸契約が切れるタイミングだったことも、水野に就職の話があったことも、母の決断を後押しした。それだけでも、十分納得できるというのに、母は大きな理由として、倉持の存在を挙げた。

「将棋クラブはあなたの心の支えとなる場所であると同時に、あなたを縛るものでもあると思うの。小さい頃からずっと将棋将棋だったでしょう。もちろん、あなたは将棋が好きで楽しんでいるんだと思う。でも、人生にはもっといろんな選択肢がある。将棋クラブがあることで、あなたが将棋を続けなきゃって義務を感じるのが嫌なの」

　涙交じりに語る母の姿を、倉持はどこか遠くから眺めるような気持ちで見ていた。母の言葉は倉持に向けたものというよりも、自分自身に向けたもののように感じられた。しかし、それに対する苛立ちなどは特にない。母の言葉には、決して嘘はなかった。それに、誰しも、現実を材料に自分に優しい物語を紡ぎ出すものだ。それは決して嘘ではない。

「別に、義務なんか感じてないよ。ちゃんと将棋が好きで続けてる。クラブがなくなるのは残念だけど……しょうがないね」

　静かに告げると、母は顔を歪めた。

「そんな風に言われると……苦しいわ」

「なに、もっと、だだをこねた方がよかった？」

「受け止めてくれて、本当に感謝している。でも、母親としてはね、思いっきり、嫌だ、嫌だって、我がまま言ってもらいたいって気持ちもあるの」

そう言って、ほつれた毛をいじりながら笑う母の姿がひどく寂しそうに見えた。けれど、我がままを自然に口にする術も、とうに失われていた。

子供ではなくなったとしても、その途端に大人になれるわけでも、人間として成長できるわけでもない。

倉持はそんなことをS級の練習場所で痛感していた。彼の前ではハルヒと梶が険悪な表情で睨み合っている。同じチームとしてなんとかしなければいけないのに、どうしていいやらさっぱり分からない。ただただ、二人の間で立ち尽くしていた。

今年、団体戦のメンバーに梶が入ることになった。彼は協調性のなさという団体戦には致命的な欠点を補うほどに、春以降も調子を上げていた。外れたのは祐介だ。本来であれば、確実に勝利を目指すタイプである祐介と梶が入り、ハルヒが落ちるのが妥当なところなのだが、梶とは対照的に祐介は長い不調から抜け出せないでいた。本来の堅実さが見られず、不安定な彼に今回は外れてもらうと本郷先生が告げた時、反発したのはハルヒだった。

チームワークが大事だと言ったのは先生なのに、どうしてチームの輪を乱す人を入れるのか。職員室に押しかけ、食ってかかったハルヒに先生は多くを語らず、ただ、「自分は一番勝てる確率が高いチームを組んだつもりだ」と答えた。

その答えにハルヒはますます反発する。彼を宥《なだ》めたのは祐介だった。

「俺が一番悔しいんだぞ。俺より悔しがるなよ」

冗談のように口にされた祐介の言葉を聞いてから、ハルヒは梶とのチームが不服だと表立って言うことはなくなった。けれど、梶との小さな衝突は繰り返された。遅刻だったり、きちんと駒を片づけないことだったり、愚痴が多いことだったり。きっかけは小さなことだった。しかし、それらが積もり積もったことで、ハルヒと梶の関係は一触即発と言っていいほど険悪なものになってしまった。

この時の睨み合いも、きっかけは小さなことだった。ハルヒが練習場所に持ってきた菓子を梶が食べてしまったのだ。食べたこと自体はいい。問題は6個入りのチョコレートのうち3つを梶が食べてしまったことだった。

「なんで、食べちゃうかな。別に俺は梶にもあげるつもりだったよ。でも、6つ入りだよ。ちょうどS級の人数分じゃん。なんで、一人一個ってことぐらい分かんないの？」

「……そんなこと言われてなかったし」

梶がむっつりと答える。

「何それ、はっきり禁じられてないことは全部やるって言うの？」

「法律で禁じられてないことは、罪じゃないだろ」

「じゃあ、例えば、部活サボるとかって法律で禁じられてないから、いいって言うの？」

「ああ、いいんじゃない？」

二人の言い争いはどんどん子供じみてくる。

「もう、やめようよ、二人とも……俺はチョコいらないからさ」

なんとか声をかけるが、「そういう問題じゃないから」と二人そろって言われてしまった。

しかたなくまた、ぼうっと二人のやり取りを眺めていると、すっと近づいてきた祐介が「将棋をやろう」と小声で言った。

なんでこのタイミングでと思いながら、指し始める。次第に集中し、ハルヒと梶の声も気にならなくなる。気づくと、ハルヒと梶の言い合いはやみ、二人は倉持たちの対局を観戦していた。結局どちらも将棋が好きなのだ。

後日、祐介は天岩戸《あまのいわと》作戦だと笑った。それを聞いて、こういうのを大人力というのだろうなと倉持は感心する。そして、同時にこの男がいない今年のチームは大丈夫なんだろうかとも思った。

「一緒に行動すればするほど、自然と相手のことを好きになるものだと思ってたけど、逆効果になることってあるんだね」

合宿を終え、ハルヒがしみじみと漏らした言葉を思うと、不安になるばかりだった。

将棋クラブが閉まるのは全国大会のちょうど1週間後だった。物件の契約が切れるのがその日なのだ。

部活の練習が休みの日に、倉持が将棋クラブに顔を出すと、中はまだ何も片づいていなかった。

「そんなに物も多くないしね。前日に一気にやるよ」

水野はそう言って、そう広くない部屋をぐるりと見渡した。壁にはまだ倉持の賞状もそのままになっている。

「あのさ……お願いがあるんだけど、賞状、最後の日までそのままにしてもらえないかな。俺、片づけるの手伝うから」

倉持がおずおずと申し出ると、水野はあっさりと頷いた。

「もちろんいいよ。俺もそのつもりだったし」

倉持はほっとして改めて壁を眺める。びっしり飾られた賞状。しかし、ちょうど賞状一枚分のスペースが空いている。倉持はここに、全国大会優勝の賞状を飾るつもりでいた。たった1週間、この壁に飾ることに意味があるかと人に聞かれたら、多分、ないと答えるだろう。しかし、意味がなくても、そうしたいと倉持は思った。

「ここ、何になるの？」

位置や形まですっかり覚えてしまった机の傷を、指でなぞりながら、倉持が尋ねる。水野は「雀荘《ジャンそう》」と答えた。

「へえ。麻雀《マージャン》ってやる人多いのかな」

「さあ、将棋とどっちが多いんだろうね。謙太郎は麻雀できたっけ？」

「一通りは。将棋部でも麻雀好きな奴もいるけど、合宿でやるのは禁止されてるんだって」

「なんでまた。ゲームなんかは許されてるんでしょ？」

「験担《げんかつ》ぎらしいよ。合宿で麻雀やると、試合で負けるんだって」

「へえ」

なみなみとミルクを注いだコーヒーが差し出される。受け取って、一口飲んだ瞬間、「すいません」という聞き慣れた声が聞こえた。

ぱっと入り口を見ると、毎日顔を突き合わせている二人——ハルヒと祐介が「あ、いた」と声を上げた。

放課後、時々、将棋クラブに行っていることは前に二人に話したことがあった。二人からは何度も遊びに行きたいと言われていたのだけれど、なんとなくのらりくらりと断っていた。将棋クラブを見られることに、昔の日記を朗読されるのにも似た、気恥ずかしさがあった。

　しかし、将棋クラブが閉まることを知った二人は強硬に遊びに行くと言い張った。倉持も断りきれず、こうして二人が来訪することになったのだった。

　二人にコーヒーをいれると、水野は戸締りを倉持に託し、帰っていった。

「俺がいない方が気軽に過ごせるでしょ。万が一、客が来たら、適当に対応しといて」

　水野の前では来客然としていた二人だが、水野が帰ると、途端にじろじろと部屋の中を観察し始めた。二人の遠慮ない視線に、倉持は賞状を残したことを軽く後悔する。

「すっごい賞状の数。これ全部倉持のだよね」

「うん」

　ハルヒはくるっと振り返ると、倉持の目を真っ直ぐ見て、聞いた。

「ねえ、倉持、プロを目指したことがあるって本当？」

「あ、知ってたんだ。うん、昔ね」

「本郷先生がずっと前にぽろっと、そんな風なことを言ってたことがあって。ずっと気になってたんだけど、こっちから聞くことじゃないかと思って、聞けなかった」

　祐介が躊躇いがちに言う。

「聞かれれば普通に答えたのに。逆に、こっちから言うことじゃないと思って、言わなかったよ」

何でもないことのように言う。本当に何でもないことなのに、ハルヒたちが気を遣って尋ねていることが分かるから、変に力が入ってしまう。

二人は倉持の向かいに座って、コーヒーを手にし、すっかり話を聞く態勢を取る。倉持は二人の矢継ぎ早の質問にぽつりぽつりと答えていった。


はっきりとした一番古い記憶は、大人相手に将棋を指す自分の姿だ。父は酔っぱらうとよく「お前は言葉を話すよりも先に、将棋を指した」と冗談を言った。それぐらい早くに倉持は将棋を始めた。手ほどきをしたのは父だ。英才教育というつもりもなく、ただ好きな将棋を一緒に指すことができればというぐらいの気持ちで始めた手ほどき。

しかし、筋の良さを感じた父は遊びの域を超え、熱心に教えるようになった。倉持が父さえも負かすようになるのはすぐだった。そのうち、父の知り合いの実力者の中でも、倉持に勝てるものはいなくなった。

倉持は父に連れられ、全国の将棋大会を転戦するようになった。多くの大会で優勝した倉持が天才少年などと呼ばれるようになると、父は彼をプロの棋士にすることを真剣に考えるようになった。

　プロの壁の高さを父はよく知っていた。将棋クラブなどではトップクラスであろうアマチュア四段、五段の実力者も、プロになるための登竜門である奨励会では6級程度。それほどに、アマチュアの段位とプロの段位には大きな差があった。さらに、プロになるためには、奨励会三段になった者だけで行われる三段リーグの上位2名となり、四段に昇段しなければならない。実力者ぞろいの中で勝ち上がるだけでも厳しいのに、奨励会には残酷な年齢制限がある。原則として21歳の誕生日までに初段、26歳の誕生日までに四段になれなければ退会となってしまうのだ。

　そのため、多くの人がまだ10歳そこそこの年齢で奨励会の門を叩き、プロへの挑戦をスタートさせていた。

　父は奨励会試験に備え、倉持が小学校に上がる頃に将棋クラブを立ち上げた。プロの棋士も呼び、より高度な指導が受けられる環境を整えた。

　プロになりたいか、と直接尋ねられたことはなかったように思う。それは二人の間で改めて確認するまでもなく、当たり前の未来になっていた。

　倉持は自分が棋士になるのだと思っていた。なりたいのではなく、なるのだと信じて疑わなかった。

しかし、現実の壁は厚かった。

12歳の時に挑んだ入門試験で、倉持はその厚さをまざまざと感じた。

「自分の力が通じないような感じでさ。チクショーと思ったけど、ほんと手も足も出なくて。落ちたことよりも、自分の無力さを突き付けられたことがショックだった気がする。急にダンプでバーンてはねられたみたいに、何が自分に起きたのか、よく分かんなかった。頭真っ白で、放心状態で」

実際、奨励会試験の後、しばらく記憶が抜け落ちている。多分、あの時にも一度自分の中で小さな死があったのだろう。息子のショックの大きさを感じてか、父はその後ぱたりと奨励会のことを口にしなくなった。

プロ棋士になるという親子の夢は、始まる時と同様、無言のままに終わった。


「なんか……びっくりする。倉持ぐらい強くても、プロにはなれないものなの」

ハルヒがぽつりと呟く。

「強い人はほんと強いよ」

ハルヒはどこか納得していない顔で、コーヒーをがぶっと飲んだ。

「また、挑戦しようとは思わなかったの？」

ハルヒの問いに、倉持は首を横に振った。

「まったく。次にここを改善すればどうにかなるみたいなとっかかりも一切なかったから。それに正直もう怖かったんだと思う」

それでも、将棋をやめようと思わなかったのは父のおかげだ。ショックが癒える前に、ボロボロになりながらも、指し続けたことで、将棋自体は怖くなくなった。下手にブランクが開いていたら、将棋さえもやめてしまっていたかもしれない。

「ごめんね。こんないろいろ聞いて」

ハルヒが上目遣いに、倉持の顔色を窺いながら言う。

「最近、なんか倉持に距離を感じてさ。これまでと同じように笑って、しゃべってるんだけど、なんか遠い感じがして。だから、こっちから踏み込んじゃえって。で、ずっと聞きたかったこと聞いてみた」

「距離感じる？　そんな余所余所しい態度とか取った覚えないけど」

眼鏡を押さえながら考え込むと、慌てて祐介が手を振る。

「いやいや。具体的にどんな言動がどうとかそういう話じゃないんだよ。雰囲気がね、ちょっと心配になるんだよね。ふっといなくなりそうっていうか」

「何それ、そんなわけないじゃん」

「……また食パン生活に戻ってるし」

ハルヒの言うように最近また食パンばかり食べている。でも、それは大会に向け、自分の将棋を見直しているうちに、食べることが面倒になってきたからだ。勝った対局であっても、見直すと反省すべきポイントはいくらでもあった。自分の戦いを見直し、より美しく、より潔く、より狡猾《こうかつ》な手を考える作業に際限はない。ついつい時間を忘れて没頭してしまい、食べることが後回しになっていた。

「大丈夫。最近はチーズ載せてるし」

「そういう問題じゃないって」

祐介が律義にツッコむ。

「とにかくさ、いろいろ聞けてよかったよ。これからも、面倒くさいと思うけど、こっちからいろいろ聞くから」

「……ちょっと、面倒かも」

「まあ、そう言うなって。でも、わざわざ聞かなくても、将棋してたら、大体は分かるけどね」

祐介がにやっと笑う。

「せっかくだし、やりますか」

倉持の返事も待たず、祐介とハルヒが将棋盤に駒を並べ出す。

「どこにいてもやること変わんないねえ」

「でも、対局は全部違うからさ」

そうだねえとハルヒが楽しげに相槌を打つ。

ふいに、何でこの3人で団体戦ができないのだろうと、痛いほどの強さで思った。


大会の数日前、先生は倉持に、「ここまでとはなあ」と漏らした。

いくら梶が空気の読めないタイプとはいえ、倉持とハルヒは空気を優先するタイプだ。1対2ならどうにかなると思っていたらしい。

先生の誤算は、梶に対する二人の反発ではなく、祐介ではない相手への反発を考えなかったことだった。

「人間関係は将棋よりも読みづらいなあ」

先生はどこか呑気な口調で言った。

先生が取った次の手は、祐介に頭を下げ、大会についてきてもらうということだった。第四のメンバーとして、大会の場にいることが大事だと考えたのだ。

いろいろ複雑な思いはあったはずだが、祐介はその申し出をあっさりと受けた。

今年の全国大会の会場は東京だ。「東京に行くには準備が必要だよ」とハルヒが言い張り、3人で買い物に行く。梶を誘う案も出たが、ハルヒの強い反対で却下された。

「だってさ、別に仲良しグループってわけじゃないんだし、誘うことないでしょ。ビジネスパートナーみたいなもんなんだから」

団体戦で強くなるには、お互いを好きになることが重要だと強く主張していたハルヒの言葉とも思えない。しかし、人間、苦手な相手を意志や理性で好きになるのは難しい。無理に近づけても、逆効果になる恐れもあり、倉持もあえて反論しなかった。倉持自身、梶がここに加わることを面倒に思う気持ちも正直あった。

服を買いに行くのは初めてだった。いつも母が買ってくる服を適当に着ていたのだ。とりあえず、体が覆われていて、寒かったり、暑かったりしなければ、なんでもよかった。

そう話すと二人は少しびっくりした後、何かを納得したような顔になった。

「どおりで。なんか倉持の服ってお母さんチョイスな感じしたんだよね。よく分かんない英語がプリントされたトレーナーとか」

祐介の言葉にハルヒがうんうんと頷く。

「とりあえず、あれでは東京には立ち向かえないよ。武装だと思って、今日は買うよ」

ハルヒの言葉に押され、しぶしぶ服を選ぶ。試着がまた面倒だった。ぶつぶつ言いながら、適当に選んだ服に着替え、鏡を見る。

あれっと思った。

ジーンズとTシャツというシンプルな組み合わせだが、いつもとイメージが全然違う。鏡をまじまじと見て、さっきまで着ていた服とはサイズが違うのだと気づいた。ぶかぶかしたシルエットの服よりも、今の適度にフィットしたサイズの服の方がすっきりと見える。

それから倉持は服選びに夢中になった。どうせなら、無数にある組み合わせの中の最善を選びたい。

試着を面倒だと思ったことも忘れ、服を抱えては何度も試着室に入る。

「スイッチ入っちゃったよ」

「そもそも、ひとつのことにハマりやすいタイプなんだろうな」

「食パンもなんか精神的に弱ってるんじゃないかって、心配したけど、単にハマって食べてるだけじゃないの。マイブームみたいな」

「かもな」

試着室の外から、聞こえよがしなハルヒと祐介のやり取りが届く。

倉持が納得する組み合わせを選び抜くまでには、3時間という時が費やされた。

全国大会の会場までは、今年も先生が運転する車で移動することになっていた。待ち合わせ場所である、高校の入り口に停まる先生の運転する大型車には、優勝旗が収まっている。内藤をはじめ、多くの先輩から、必ず持って帰るようにとのメールが倉持の携帯に届いていた。

「え、何、倉持その頭」

倉持を見るなり、ハルヒが叫ぶ。

毛量が多く、とにかくもっさりした印象の倉持の髪が、すっかり軽く整えられていたからだ。

「美容院に行ったんだ。近所の床屋にはない、すくというテクニックを駆使してもらって、こうなった」

なんでも徹底したい性質の倉持は、買ったばかりの服と、髪形とのミスマッチが気になった。そして、一念発起して、美容院に行ったのだ。

「へえ、見違えるな」

本郷先生にも言われ、倉持は急に恥ずかしくなった。

「そんなに違うかな」

「違うよ。でも、いい違いだよ」

ハルヒに太鼓判《たいこばん》を押され、ほっとする。

「そう……変じゃないならいいけど」

その後、寝坊した梶が15分も遅れるというトラブルはあったものの、なんとか一同は東京に向け、出発した。

道中、突然、ハルヒが大会の名簿を取り出し熟読し始めた。研究熱心だなと思っていると、

「この子って絶対美人だと思わない？」と女子の部のページを指し示す。要は名前だけを材料に、妄想していたのだ。祐介も隣で名簿を覗き込み、一緒になって好き勝手なイメージを膨らませている。

「篠原百合子は大人しい、黒髪の美少女。ショートカットのきりっとした同性の上級生に憧れてて、男性と話すのも苦手」

「代田誓子は学級委員長タイプ。生真面目で清潔感がある。つい強めに注意しちゃうんだけど、後で後悔する。いわゆるツンデレ」

妙に細かい妄想を披露し合った二人は、倉持に好きな名前を選べと言ってきた。倉持はしぶしぶ名簿に目を落とす。ざっと視線を動かして、目に留まったのが宇野美夏子《うのみかこ》という名前だった。

「じゃあ、この名前」

指さすと、ハルヒは「ああ、美夏子ちゃんね」と言った。

「知ってるの？」

「知ってるよ。同じ岩手県の代表だよ？　顔見てるでしょ」

「……覚えてない」

「ありえない。あんなかわいい子を」

ハルヒが嘆く。突然、祐介があっと大声を上げた。車中の視線が集まった。運転していた先生までがミラー越しにじろっと視線を送る。

「なんだよ、いきなり大きな声出して」

「俺も、かわいかったからよく覚えてるけどさ、この子あれだよ、去年、学園祭に来てた」

「ああ、あの三つ編みの？」

「そう、髪をばっさりショートにしてたから気づかなかったけど、絶対あの子だって」

「言われてみれば、確かに顔似てるかも。え、もしかして、倉持知ってて選んだ？」

にやにやと笑うハルヒが鬱陶《うっとう》しくて、倉持は軽く身を引く。

「知らないよ」

否定するが、ハルヒのにやにやは消える気配もない。

「え、じゃあ運命じゃない」

「運命だよ」

盛り上がり出した二人に付き合い切れず、倉持は目を閉じた。

一応、真っ暗な瞼《まぶた》の裏に、美夏子と三つ編みの少女の姿を蘇らせようとする。しかし、あいにくどちらの姿もまったく思い出せなかった。


到着した次の日、大会の前日は自由行動というのが岩北高校の伝統だ。東京で一日、自由に過ごせるとあって、皆一様に浮かれていた。

さすがに一応、梶に声をかけるかと話し合い、しぶしぶながらハルヒも了承したのだが、いざ声をかけようとした時にはもう梶の姿はなかった。

彼は彼なりの計画があったようだ。少しほっとしながら、3人はゲーム売り場が見たいというハルヒの希望で秋葉原に向かった。ただ歩いているだけでも楽しくて、戻るように言われていた5時を過ぎそうになって、慌ててホテルに戻る。もう、皆そろっていた。いないのは梶だけだ。

15分ほど過ぎ、先生が梶の携帯電話に連絡する。電話は電源が切れていた。

「あいつのことだから心配だなあ。迷子になってるんじゃないか。ちゃんとホテルの名前覚えてるかな」

先生がホテルの外の通りに視線を走らせながら呟いた。梶のことだ、それぐらい覚えなくても大丈夫と根拠なく自信満々に出かけてしまった可能性は高い。

梶の行きそうな場所を探すにも、見当もつかない。ただ、待つしかなかった。

先生は倉持たちに部屋に戻るように言ったけれど、3人は先生と共にロビーで待つことを選んだ。

時間だけが過ぎていく。

気を揉《も》むことしかできない時間はひどく長く、最悪の想像ばかりが膨らんだ。

2時間が過ぎた頃、突然、先生の携帯が鳴った。はじかれたように電話に出た先生は、何度かの相槌の内に、ほっとしたような表情になる。電話は岩北高校にいる先生からだった。梶が交番にいるという連絡だった。

梶は迷子になった上、頼みの綱である携帯電話の充電を切らしてしまった。さらに先生の予想どおり、ホテルの名前を忘れていた。だから、交番で彼は高校の名前を告げたのだ。高校の連絡先を調べ、電話してくれた警官のおかげで、梶はなんとか自分の居場所を先生に知らせることができた。

「まあ……とにかく無事でよかった」

先生はタクシーで梶の救出に向かった。1時間後、先生と共に現れた梶は少し疲労の色があり、さすがにしゅんとしていた。

「なんかな、将棋会館に行ってたんだと。ほら、梶、せっかくだから、出せよ」

先生に促され、梶は手にしていたビニール袋を倉持たちに突き出す。

「これ……チームで持ってたらいいかなと思って」

それは扇子らしかった。全部で4本ある。

「俺と倉持とハルヒと、あと、祐介の分」

「俺のも？」

祐介が思わず梶の顔を見ると、梶は恥ずかしそうな顔で目を逸らした。

「祐介のがないのは違うと思って」

自由時間に扇子を買おうと彼は思ったのだ。そして、将棋会館の場所を調べ、きっと何度も何度も道を間違え、少し迷って4人分の扇子を買った。

そう考えると、心の奥がきゅうっと締め付けられた。

「絶対、明日勝ちたいと思ったから。それだけだから」

梶は自分の分の扇子を取ると、部屋に引き上げていった。

「あいつもいいとこあるだろ」

そう言って、先生もロビーを後にする。

後に残された3人は顔を見合わせ、おずおずと扇子を手にする。

「なんか、悪かったな。梶、ちゃんとチームのこと考えてたんだね」

ハルヒの言葉に頷く。しんみりした空気の中、3人は扇子を開く。一瞬、凍りついた後、一斉に噴き出す。

扇子には堂々と「必勝」という文字が大きく書かれていた。

「ダサッ」

「ハルヒ、はっきり言うなよ」

「じゃあ、倉持、この扇子を大会の会場で堂々と広げる勇気ある？」

「ない」

顔を見合わせて失笑する。

「なんか、悪いけど、梶って梶だよなあ」

「なあ」

「絶対勝ちたいから、必勝ってそのまんますぎるだろ」

散々、梶のセンスをこき下ろした3人だったが、それでも大会当日、それぞれの胸元には梶の扇子が収まっていた。特に打ち合わせたわけではない。なんとなくお守りのような感覚で持っていないとダメだと思った。

今年の会場はホテルの大広間だった。

体育館よりはぐっと狭いこともあり、肌がぴりぴりするほどの緊張感が充満している。昨年手合せした相手の顔もいくつか見える。相手からの刺すような視線を感じ、否《いや》が応にも緊張が高まる。

今年も最大のライバルはN高だった。去年のエース・湯川こそ卒業してしまったが、中学生で全国優勝経験がある実力派が入ったこともあり、優勝候補筆頭に名前が挙がっていた。

「倉持さん」

声をかけたのは、去年対局した墨田だった。相変わらずその顔にはニキビが散っている。

「僕、倉持さんが今年は大将で来ると読んで、自分で志願して大将になったんです。絶対また、倉持さんとあたりたくて。お互い頑張りましょうね」

そう言って墨田ははにかむように笑った。N高とあたるにはお互いに決勝に進まなければならない。昨年、強くなるだろうと感じた墨田は順調に実力を伸ばしているようだ。対策を練るために取り寄せた棋譜を見る限り、真っ直ぐな王道を真っ直ぐに歩いているように見えた。墨田と戦うためにも負けられないと気持ちを新たにしていると、ハルヒに腕をぐっと引かれた。

「見て、あの子」

「あの子？」

「ほら、車で話してたでしょ、美夏子ちゃん」

緊張で青ざめた顔の選手もいる中、なんて呑気なのだろうと呆れつつ感心し、示された方に視線を送る。

そこには他の女子部員と談笑する一人の少女がいた。華奢な骨格に、潔いほどに短い髪。彼女はまるで、声変りをしていない少年のように見えた。その姿が倉持の記憶をくすぐった。その姿に、確かに見覚えがある。文化祭よりもずっと前。倉持の頭の中で、目の前の少女と、かつて将棋クラブで出会った少年の姿が重なった。そう、負けるたびに声を殺して泣いていた、記憶の中のあの子は、少年ではなく少女だったのだ。

倉持は思わず近づいて、その腕を取った。

「もしかして、うちの将棋クラブ来てた？」

唐突な質問に目を丸くした少女は、それでも、どういう意味かと問うこともなく、こくりと頷いた。

「将棋続けてたんだ」

「はい」

自分で近づいたものの、言うべきことはそうなかった。摑んだままになっていた腕を慌てて放し、後じさる。

「じゃあ……その、大会頑張って」

「あの。私、倉持さんに言いたいことがありまして」

彼女はすうと大きく息を吸った。まさに言葉を続けようとした瞬間、開会式の開始を告げるアナウンスが響く。

「……ごめんなさい。やっぱりいいです」

彼女が何を言おうとしたか気になるが、今、大事なのはこれから始まる試合だ。頭を切り替えて、開会式の列に並ぶが、ハルヒがそれを許してくれない。

「何話してたの？」

「ただ、挨拶してただけ。昔の知り合いだったから」

「え、何それ。すっごい運命的じゃん」

はしゃぐハルヒを睨みつけると、さすがにその時ではないと悟った彼は人差し指を口にあて、神妙な顔で頷いた。その後ろで梶が、必勝と書かれた扇子を、恥ずかしげもなく堂々と広げている。このメンタルの強さは大会向きだろうなと、倉持は妙に納得した。

梶のメンタルの強さは、実際その後の試合でも発揮された。負けることもあったけれど、負けても妙に堂々としている。

「あいつのメンタル、俺にもあればな」

近くで観戦を続ける祐介が、本気で羨ましがっていた。一方のハルヒも調子は悪くない。しかし、それでも安定して勝てるほど全国大会のレベルは甘くなかった。

倉持が確実に一勝し、ハルヒか梶のどちらかが辛勝《しんしょう》する。なんとか2勝を稼ぐことで、彼らは勝ち上がっていった。

「これはちょっと困ったことになったかもしれん」

先生が珍しく慌てた様子を見せる。準決勝でN高が破れ、初参加でノーシードだったD高が上がってきたのだ。D高は全国大会出場経験も多くなく、あまり情報が取れず、対策もほとんど立てていなかった。

その上、組み合わせが最悪だった。ハルヒの相手は安定的に試合を運ぶ梶と同じタイプ、梶の相手はかく乱する手がうまいハルヒと同じタイプ。裏返したように正反対の組み合わせで、どう勝負が転がるかはまったく読めなかった。

決勝戦が始まる。倉持の相手は目が隠れてしまうほど分厚い前髪が印象的な、表情の読めない野口《のぐち》という男だった。彼とは何度か大会で対戦したことがあるが、ほとんどの戦いで倉持が勝利を収めてきた。勝てる相手だ。いや、勝たなければならない相手だ。「お願いします」と頭を下げながら、ぎゅっと梶にもらった扇子を握る。

先手、居飛車の倉持に対し、後手の野口も居飛車。過去の対局では比較的ゆっくりと駒組みをするタイプという印象があったのだが、彼は横歩取りを仕掛けてきた。横歩取りは挑まれると、受けざるを得ない戦法だ。お互い守りを固める前に、両軍が激突し、乱戦となる。

お互い交換した手持ちの角を、致命的な場所に打ち込ませないよう、両軍とも陣を広くとる。王様までも戦力として参加させなければならない、ぎりぎりの攻防。相手の隙を窺い、自分の隙を極力なくす。地雷原を歩いているような緊張感が続く。集中力が途切れた方が負けだった。

ちらりと隣を見ると、ハルヒは苦手とするタイプを相手に善戦しているのが見てとれた。もう一つ隣の梶の対局の様子までは分からない。しかし、扇子を扱う手のイライラしたような動きからあまりよくないことは知れた。

一勝を確実にしなければ。自分の勝負に意識を戻し、気を引き締める。ひらすらに集中し、穴をふさぎ、穴を探った。そろそろ相手のミスが目立ってきてもいいはずなのに、なかなか乱れる様子を見せない。過去に対局した野口とは、別人のような集中力だった。

隣では、早くも感想戦が始まっている。どうやらハルヒは苦手とする相手を制し、勝利を手にしたようだ。

緊迫した駆け引きはまだまだ続く。残り時間は、あと5分。気づくと、倉持の対局に、ハルヒと梶がじっと視線を注いでいた。2人がその場に残っているということから、梶が負けたことを知る。

ハルヒと梶の間には50センチほどの距離があった。その生々しい距離を見た途端、心がざわっとした。

余計なことは考えるな。自分が勝てば優勝できる。倉持は長い息を吐く。

倉持はその後もミスなく指し続けた。相手の隙が10あるとすれば、倉持の隙は1だっただろう。それはどう正確に打っても出てしまうわずかな隙だった。普通であれば気づかれることのない、小さな小さな穴。

それを野口は正確に突いた。

まるで、そこに隙ができるとあらかじめ知っていたかのような迷いのなさだった。

野口の分厚い前髪に隠された表情は、相変わらず読めない。

誰だ、この男は。倉持は思わず身震いした。

隙を探り当てられた時点で勝負は決していた。薄く広い倉持の陣は正面から突き破られ、彼は投了した。

半ば茫然としながら、ハルヒと梶に視線を送る。ハルヒの口が「うそ」と声なく動く。ハルヒと梶の間には、変わらず50センチの距離がある。

その空間をぼうっと見ながら、チームは、岩北高校は負けたのだと思った。自分のせいで。自分が負けたせいで。また、自分は肝心な時に勝てなかったのだという、痺れるほどの後悔が襲ってくる。

何が足りなかったのだろう。何をすべきだったのだろう。

後悔は、敗北の苦みをより強くした。


将棋クラブの壁に、賞状を貼る。当初思い描いていた優勝のものではないけれど、それでも一か所だけ空いた壁にそれはぴたりと収まった。

「用意されたみたいに、一枚分開いてたね」

「うん。準優勝だけどね」

「準優勝だってすごい成績だよ」

「うん。でも、俺、最後の最後で負けちゃったし、お父さん、がっかりしてる気がする」

「そうか？　おじさん、優勝以外認めないみたいな人じゃなかったろ」

「どうかな……優勝するとすごい喜んでた印象が強くて。それ以外、覚えてない」

壁に飾られた賞状を改めて一枚一枚仔《し》細《さい》に眺める。大会の規模はまちまちだ。地域のイベント的なものから、公式の大きな大会まで。どれを見ても、その時に対局の内容が鮮明に思い出される。しかし、父の反応を思い出そうとすると、うまく思い出せないのだった。

「お父さん、入院してからさ、意識が混濁《こんだく》するようになってたじゃない。でも、たまに言葉とかもすごく明瞭な時があってさ、お父さん、俺に言ったんだよね、『道に迷ってごめん』って。何のことだろうってずっと考えてて、思い出したんだ。奨励会の試験の日のことだって」

あの日、父は道に迷った。駅からかなりの距離を歩いているのに、一向に見えてくるはずの将棋会館は見えない。父は倉持を不安にさせないためか、まるで道に迷っていないかのようにふるまい続けた。

どれぐらい歩き続けただろう。奇跡のように将棋会館が見えた時には、父のためにも嬉しかった。会場についたのは試験開始数分前だった。ぎりぎりに会場に到着し、気持ちを整える時間がなかったことが試験に落ちた理由とは当時も思わなかったし、今も思わない。

でも、父はそのことで自分をずっと責めていたのだ。

「あの日のことを言ってるんだって気づいた時、逆に悪かったなって思ったんだよね。そんなにずっと引き摺るぐらい、お父さんをがっかりさせちゃったんだなって」

「がっかりなんてしてないって。見れば分かるだろ」

水野が壁一面の賞状を示す。賞状の半分は、奨励会試験の後に出た大会のものだ。

「ずっと変わらず、謙太郎はおじさんの自慢だったし、喜びだったよ。こんな親バカが一目で分かるような光景ってなかなかなかないよ」

水野の言葉に倉持は薄く笑う。

そうかもしれないと思う。確かに目の前のもうすぐ失われようとしている光景にはそれだけの説得力がある。

しかし、団体戦準優勝の賞状を見つめながら、倉持は思わずにはいられなかった。自分は期待を裏切ったのだ、と。

第七章　信頼って重い

「これでいいですか」という声に、倉持は隣の盤面に注いでいた視線を目の前に戻す。

彼の正面では、4月に入部したばかりの1年生が不安そうな顔で将棋盤を見ていた。

「そう、合ってる、合ってる」

倉持が言うと、その少年と言っていいほど幼い面立ちの少年は、無防備な安堵の笑みを浮かべた。

今年も10人ほどの新入部員を迎え、将棋部では春の大会の準備と並行し、新人の指導が始まっていた。半分ほどは経験者だが、後の5人の中には駒の動かし方も知らない、完全な初心者もいる。大会に向けて自分の戦法の研究をしたい梶などは、あからさまに面倒がっていたが、倉持は1年生の指導を嫌だと思ったことはなかった。目の前の1年生がいずれ同じように新入生を教えるのだと思うと、まだ見ぬ未来のことなのに不思議と懐かしいような、くすぐったいような気持ちになった。

1年生の指導が一通り済んだら、今度は春の大会の練習だ。倉持は部活の時間を全て人のためにあてると決めていた。自分の研究は家に帰ってから一人でやる。部活中は、徹底して、人の戦法を検証し、アドバイスした。それまで、倉持は求められてアドバイスすることはあっても、自分から口をはさむことをどこかで遠慮していた。人によって戦法が違うのは当然だと思っていたし、自分の方が強いと誇示しているように取られるのも嫌だった。

その考えを変えたのは昨年の全国大会での敗戦だ。自分の将棋を磨くのは当然のことだが、それ以外にもチームが勝つためにできることは全てやろうと思った。遠慮している場合じゃない。より勝てるための策を伝えないのはチームのメンバーとしても、将棋部の部員としても怠慢だったと思った。もし、彼のアドバイスを相手が気に食わないのであれば、その時、徹底して話し合い、検討すればいい。もしかしたら、倉持も見落としている、より最善の手があるかもしれない。

そう考えるようになったら、俄然《がぜん》、やりたいことが増えた。人の苦手の原因を知り、対処法を考え、試す。ダメだったら、また新たな方法を試す。時には原因から探り直す。そうやって、周りの人たちが少しずつ強くなっていく実感にわくわくした。

合宿でOBが、「先生はどんどん自分でやることを見つける。大変そうだけど、楽しそうだ」と言っていたことを思い出す。今の倉持には先生の気持ちがよく分かった。

「ここまでは、合ってるよな？」

倉持の目の前で、ハルヒと梶が数日前の対局を検討している。ハルヒの視線に、倉持は軽く頷いた。ハルヒは「だと思った」と得意気に笑う。

最近、倉持たちは梶と一緒に対局をしたり、戦法を検討するようになっていた。仲良くなったというよりも、相手の実力を認め、必要を感じてのことだ。ハルヒと梶の間には、まるで仕事の同僚のようなドライな雰囲気があった。それでも、いがみ合うよりずっといい。大きな進展と言えた。

しかし、逆に祐介と将棋する時間はがくんと減った。彼が部活に来なくなったからだ。もう、彼は1週間以上、部に顔を見せていなかった。

何度か倉持とハルヒが彼の教室まで行って、部活に行かないかと誘ったが、祐介はそのたびに「塾があるから」と断った。

「3年生だし、そろそろ受験に備えないといけないだろ。もちろん、将棋が嫌になったとかそういうんじゃないんだ。だけど、勉強もちゃんとやってみると面白いっていうかさ」

祐介は聞かれる前に自分からぺらぺらとしゃべった。来週には行くよと言ったのに、まだ部室に顔を見せていない。

「倉持、問題はここだって言ってたよね」

ハルヒは倉持が以前指摘した問題の場面で考え込む。

「え、なんか間違ってる？」

「間違ってるっていうか、確実じゃないんだよね。それだと相手がミスしなければ、ハルヒの攻撃より、相手の寄せの方が早い。ハルヒは楽天的だからさ、知らず知らずのうちに、自分に都合のいい展開を思い込んじゃうんだよ」

ハルヒは手元の持ち駒をいじりながら考え込む。梶が焦《じ》れたように、「そこ、そこだって」と場所を示す。「ハルヒが考えないと意味ないだろ」と倉持が強めに言うと、大きく息を吐いて、梶はむっつりと黙った。

「自分で考えたかったけど、自分じゃ思いつかなかったかも。だって、俺、楽観的に考えてるなんて自覚ないし」

うんざりしたようなハルヒの口調に苦笑する。

「そんなこと言っても、そこ気をつけられないと、全国レベルでは通用しないよ。だって、みんなミスしないんだから」

「だよねえー」

ふにゃふにゃとハルヒは机に突っ伏した。倉持はかつての自分もその思い込みからなかなか脱することができなかったことを思い出す。

「昔、父親がさ、『だろう運転』と『かもしれない運転』みたいなものだ、みたいに言ってたことがあってさ。車の運転を習う時、必ず言われるんだって。誰もいないかもしれない、じゃなくて、子供が角から飛び出してくるかもしれないって考えて運転するんだって。つまり、安全だと思い込むんじゃなくて、最悪の事態に常に備えろってことだよね。でも、子供の頃、車の運転なんか分からないからさ、そのたとえ聞いて、余計混乱した」

「俺、今聞いても混乱してるんだけど。かもしれない将棋ね。気をつけてみる」

ハルヒは「かもしれない、かもしれない」と呪文のように呟きながら、自分が次に選び取るべき最善の道について、じっくりと考えを巡らせ始めた。

「祐介、来ないね」

ふいに思い出したようにハルヒがぽつりと言う。梶は何が面白いのか突然笑い出した。

「もう、あいつ、来ないんじゃね。まあ、このままじゃ、今年も代表メンバーは、俺と倉持と町山だしな、さすがに嫌になっちゃったんじゃねえの」

「……そういうこと言うなよ」

ハルヒの冷たい声音に、梶は明らかにしまったという顔をした。

「今のなし」

「なしになんてならないから。口から出た言葉って取り消せないから」

ハルヒの言葉はどこまでも冷たい。梶は助けを求めるように、ちらりと倉持を見る。

「今のは、梶が悪い」

「だって……実際来ないじゃん。あいつ、部長なのに。無責任なのはあいつだろ」

「梶」

　倉持の声に、今度こそ梶は口をつぐむ。その不貞腐れたような顔を見ながら、倉持はその人柄を買われ部長に指名された祐介なら、うまいこと空気を和ませてくれたのだろうなと思った。


　梶にも、そしてハルヒや祐介にも言っていないことだったが、倉持は大会を前にひとつの大きな選択を迫られていた。団体戦に出るか、個人戦に出るかという選択だった。

　倉持はこれまでに3つのタイトルを獲得していた。全国高校将棋選手権団体戦、全国高校将棋竜王戦、全国高校将棋新人大会の3つだ。残る高校公式戦タイトルはただひとつ全国高校将棋選手権の個人戦での優勝だ。そのタイトルを獲得すれば、史上初の4冠達成となる。

「どうだ、今年は個人戦に出てみないか」

　そう本郷先生に言われた時、正直、4冠を目指すということがまずピンとこなかった。すごいことなのだろうとは思う。しかし、よし前人未到の4冠を達成してやろう、という熱意のようなものが自分の中からは湧いてこない。

　何よりも昨年、自分のせいで果たせなかった団体戦優勝を、今年こそ実現させたいという思いが強かった。

「やっぱり団体の方がいいか？」

「そう……ですね」

「先生としては、倉持がそれだけ団体を大事に思ってくれてるっていうのは嬉しいんだけどなあ。でも、これは、お前にしかできないことだ。そして、今しかできないことでもある。よく考えてみてくれ。俺には決められない」

そう言われて倉持はひたすら考えた。けれど、将棋のように現実の最善手が何なのかはなかなか分からないものだ。

4冠への挑戦は確かに今しかできないだろう。しかし、団体戦での優勝も今しかできないという思いは強かった。1年生の時でさえ、あれほど嬉しかったのだ。一緒に長い時を過ごした今、優勝を分かち合うことができれば、どれほどの喜びだろう。何より、昨年の敗北の苦味はまだはっきりと残っている。団体戦での勝利しかその苦味を消し去ることはできないという思いもあった。

自分がいなくてもチームは優勝できるだろうか。自分がいなくなったら、実力的に梶、祐介、ハルヒの3人になる。そのことは、3人にいい影響を及ぼすのではないか。祐介ももっと部活に来るようになるのではないか。

考えれば考えるほど判断材料は多くなり、心は千々に乱れる。

倉持が団体戦に出ると信じて疑わないハルヒたちと話していると、彼らをこっそり裏切っているような気持ちになる。自分がどうしたいのか、どうすればいいのか余計に分からなくなった。


何度も何度も時計を確認する。ゴールデンウィークの京都駅は人でごった返していた。外国人の姿も多く、改めて観光地なのだなと思う。

待ち合わせに指定された改札の正面にある「時の灯《あかり》」と名付けられた時計台の前に立って、すでに15分になる。待ち合わせは10分前だった。心細くなってきた頃、人ごみの向こうから、頭ひとつ抜けた長身の男がにこにこと手を振るのが見えてきた。

「倉持くん、久しぶり」

「お久しぶりです。とはいえ、昨日もネットで対局してるんで、全然久しぶりな感じしないですけど」

「確かに」

長身の男——大迫《おおさこ》と倉持が初めて会ったのはもう5年も前のことだ。大会で対戦したのが最初だった。それから何度となく大会で顔を合わせるようになり、自然と仲良くなった。正統派の倉持とは違い、彼は多彩な技を駆使する技巧派タイプだったが、勝負は常に互角。互いに腕を認め合う二人は、今では頻繁にネット上で対局している。

今、大迫はR大学の将棋部のメンバーだ。彼は倉持が高校1年の頃から、R大学に入学し、一緒に将棋をやろうとしきりに誘いをかけてきた。R大学に、高校時代の文化的な実績があれば受験できる、特別な推薦入試があると教えてくれたのも大迫だ。倉持が自分の将棋部での活動が実績になるのかと相談すると、彼は「もちろん」と太鼓判を押した。

「うちの将棋部は、伝統的に強いから。将棋やるならうちだよ」

正直、進路のことは全然考えていなかった。漠然と大学に進めればいいと思っていたぐらいだ。だから、推薦入試の話を聞いて、それもいいかもしれないとあっさり思った。しかし、同時に、こんな大事なことを成り行きのように決めてしまっていいのかという不安も湧く。

そんな倉持の気持ちの揺れを察したかのように、大迫は一度雰囲気を見に来るといいと誘ってくれた。ちょうどゴールデンウィークに身内でやる大会があると教えられ、倉持は迷った末に、京都に向かうことにした。

自分は、盤上とは違い、現実では長考しても結論が出ない人間だと分かってきたからだ。迷った時はできることからやっていった方がいい。とりあえず、R大学の雰囲気を知ることは悪くないことのように思えた。

「とりあえず、大会まであと3時間ぐらいあるけど、どこか京都案内しようか？」

大迫の申し出に、倉持は横に首を振った。

「今日は大学を見に来たんで」

「こんな見所しかない町に来て、大学だけ見て帰るつもり？　倉持くん、クールやね」

関東出身だが、大学に通ううちに言葉がうつってしまったという大迫は語尾だけ時折、ほんのり関西弁だ。

「じゃ、まあ、大学行きましょうか」

大きな歩幅ですいすい人ごみをすり抜けていく大迫に、倉持は必死でついていった。

真っ直ぐ向かった大学は倉持の想像を超えていた。高校も古くてゆったりした建物なので十分に大きいと思っていたが、R大学はもうひとつの王国だと言っていいほど大きい。きょろきょろと見回しながら、倉持ははぐれないように、大迫の後ろを小走りでついていった。

将棋部の部室には男ばかり20人ほどの部員がそろっていた。将棋指しだということが関係しているのか、みんなどことなく森を思わせるような、静かで落ち着いた雰囲気がある。おかげで初対面だと意識させるような緊張もなく、倉持はすぐにその場に馴染んだ。

ただ見学するだけだったはずの大会にも、大迫に巧みに言いくるめられ出場することになった。

大会はリーグ戦だ。何人かと対局してすぐ倉持はR大学のレベルの高さを感じた。苦手とする切れ負けというルールだったこともあるが、高校生相手の対局のように、終始ある程度の余裕を持って駒を動かすということができない。一手差をなんとか捻り出し、必死で守りきる。久しぶりのギリギリの攻防に血が沸き立つのを感じた。

相手の油断もあり、倉持は結局、その大会に優勝してしまった。なんとなく申し訳なく感じて、体を縮こませるが、部員たちは倉持の手を代わる代わるしっかりと握り、「絶対、うちに来るように」とくぎを刺した。

「……そうは言っても、合格できるか分からないですし」

「大丈夫だって。今度、個人戦取ったら4冠なんだから、立派すぎるぐらいやわ」

大迫にはメールで個人戦に出るかどうか迷っていることを伝えていた。

「いや、まだ、個人戦に出ること、決めてないんです。まあ、もちろん、出ても、絶対優勝するわけでもないですし」

「うちで優勝しといて、高校生に負けるのはやめてほしいなあ」

主将が口をはさむと、どっと笑い声が起こる。一緒になって笑いながら、一瞬、笑うのが遅れたのはなぜだろうと、他人事のように思った。

次の日、宿泊した駅近くのビジネスホテルで、倉持は再び大迫と顔を合わせた。

「休みの日にすいません」

「いいっていいって。こっちこそ、昨日はごめん。倉持くんの実力は伝えてあったんやけど、あそこまでとは思ってなかったみたいやわ。みんなはしゃいじゃって。いつもはもっと落ち着いてるから、安心してうちに来て」

「歓迎してもらって、すごくありがたかったです。できるなら、ここで将棋をしたいなって、思いました、ほんとに」

「倉持くんってあんまり期待されすぎると重く感じそうだから、これ以上言わないけど、楽しみにしてるから」

笑顔でさらに圧力をかけると、大迫は「接待」だと言って、ラーメンを奢ってくれた。

「で、個人戦、どうすんの？」

京都のイメージに似合わぬこってりしたラーメンを豪快に啜りながら、大迫が問う。倉持は改めて自分のできるだけ正直な気持ちを話した。

高校時代に団体戦経験のある大迫は、倉持が感じる団体戦の重みに共感はしてくれたものの、自分であれば個人戦一択だときっぱりと告げた。

「だって、やっぱりタイトルって大事だと思うから。タイトルって単なる1位とはちょっと違うと思う。プロはタイトルを獲得すると、名人とか竜王《りゅうおう》とか棋聖《きせい》とかタイトルが名前につくやろ。あれって、名誉であると同時に、責任でもあるんだと思う。このタイトルに恥ずかしくない将棋を指していきますって約束みたいなものなんじゃないかなって。だからさ、倉持くんもちゃんと逃げずにタイトルを獲るべきやと思うわ。そして、そのタイトルに恥ずかしくない将棋をこれからも指し続けるべきだと思う。

それに、倉持くんが団体戦にいない方が、意外と部のみんなも奮起するかもしれんよ。倉持くんがいれば一勝は堅いって無意識のうちにどこかで思ってるはずだからさ」

大迫と京都駅で別れて、新幹線に乗り込む。

窓の外を眺めながら、ふと思った。もしも、個人戦に出場したとして、自分が優勝できなかったとしたら。そうしたら、昨日会った人たちはがっかりするのだろうか。部の仲間たちは、親は、先生は、がっかりするのだろうか。

ものすごい勢いで遠ざかっていく京都の町から目を背け、倉持は目を閉じる。頭から消えようとしないイメージをシャットダウンしたかった。

乗馬をやってみないか。突然、先生がそんなことを言い出したのは、県大会まで1週間となった頃のことだった。

倉持はまったく聞いたことがなかったが、乗馬は長らく先生の趣味であると言う。まったくのインドア派だと思っていたから、驚いた。しかも、外での活動にもいろいろあるのに、乗馬を選ぶなんて、本当に摑みどころのない人だ。

「乗馬はな、姿勢がよくなるんだ。で、姿勢がよくなると、長時間座っていても疲れない。疲れないと、集中力が続く」

絶対、将棋にもいい影響があるから、やってみないか、と先生は理路整然と勧めてくる。試しに時間を聞くと、朝の8時だと言われ、間髪を容れず「いいです」と断る。さすがにそれは気が重い。

「そう言うなって。じゃあ、朝8時に迎えに行くからな」

先生は珍しく強引に押し切ると、本当に迎えに来た。

髪を整える気力も起きず、ぼさぼさの髪のままで助手席に乗り込むと、先生は「今日はまた奇抜なヘアスタイルだな」と皮肉を言った。

「そうですね。今の気分を表してみました」

皮肉で返すと、先生はふふとなぜだか嬉しそうに笑った。

先生が会員だという乗馬クラブは郊外にあった。会員になって数年だという先生は、忙しくて最近あまり来ていないのだとこぼす。

確かに、非公式の大会も含めると数えきれないほどの数だ。毎週のように引率している先生には、乗馬はおろかゆっくり休む時間もないのだろうと改めて思った。

簡単なレッスンを受けた後、乗馬クラブのスタッフに手綱を押さえられた馬にまたがる。またがるというよりはよじ登るような形になったが、なんとか乗れた。思ったより視点が高くなり、軽い恐怖を覚える。足で馬の胴をぎゅっと締めると、馬が軽く身じろぎする様子が生々しく伝わってきた。

とにかく、パドックを1周ゆっくり歩かせる。それだけのことなのに、背中が既にガチガチになっている。

それでもしばらく歩かせていると、体が自然と学習したのか、余計な力が抜けて、少し楽に乗れるようになってきた。それでも、上下する馬体の上で、体が揺さぶられて痛い。

乗馬クラブの人の手を借りて、馬から降りた時には、そう長い時間も乗っていないのにへとへとだった。

「これだけでも、だいぶ姿勢がよくなったはずだ」

背中が固まっているだけで、姿勢がいいのとは違うんじゃないかと内心思うが、先生が嬉しそうなので、小さく頷くにとどめる。

「ちょっと休むか」

馬場が見えるベンチに先生と並んで腰を下ろす。腰をかがめるというちょっとした動作にも、体がぎしぎしとする。

「その、だなあ……馬には乗ってみよ、人には添うてみよってことわざあるだろ。いや、これはちょっと違うか」

「個人戦のことですか」

倉持から切り出すと、先生は「鋭いな」と苦笑した。

「普通分かりますよ。いきなり、乗馬なんて」

「いや、姿勢がよくなるっていうのも本当のことだぞ」

「でも、1回じゃ意味ないですよね」

「まあな……で、どうだ」

「迷ってます」

目の前の馬場では、若い女性が馬を走らせている。競技者なのか、人馬一体となって障害を越える様子は美しく、思わず目が引き付けられた。

「……個人獲ったら、全部だぞ」

「分かってます」

「何が引っかかってる？　やっぱり、団体戦の方がいいか」

「それは、はい。でも……先生は、個人戦に出てほしいんですよね」

「俺の希望は関係ない」

先生は素早く強く否定する。倉持は足元の草をなんとなしに引きちぎった。

「正直……俺、先生に言われてなかったら、こんなに迷ってないと思います。面倒だなって思ってたと思う。今も正直、嫌だなあって気持ちもあるんですけど」

「うん」

「でも、先生がそう言うなら、個人に出た方がいいんじゃないかなって気持ちもある。それは、先生の言うことだから従うとかそういうことじゃなくて。信頼してるんで。俺のこと考えて言ってくれてんだろうなって。それには応えたいなって」

先生は左手で顔をずるるっと撫でた。

「今、ずしっときたなあ」

「きたって、何が」

「なんか重いもんがさ。信頼って重いな。こんな重いものを俺はお前に渡してるんだな」

馬場では、馬が障害を前にしり込みをしていた。馬上の女性が何度も何度も馬を宥め、障害と向き合わせる。なんて今の心情にぴったりの光景なんだとぼんやりと目をやっていると、次の瞬間、当たり前のようにひらりと馬が跳んだ。ちょっとあざといぐらいのタイミングで、もしかして、先生が自分の背中を押すための演出かと疑心暗鬼になって、ちらりと顔を見る。先生は地面に落としていた視線を倉持に向け、すぐにまた地面に戻した。

「でも、俺は、お前ならこの重さに耐えられると思って渡してるんだからな」

「いや、その言い方余計に重いんですけど」

「確かにそうか」

先生が低く笑う。

馬場では、障害を一通り越えた馬がゆっくりと歩かされている。鼻の穴を大きく膨らました その顔は、いわゆるドヤ顔そのもので、倉持は思わず笑ってしまう。

「いや、そりゃ、重いか」

倉持の笑いを勘違いした先生が少し嬉しそうな口調で重ねて言う。倉持はあえて訂正せず、「はい」とだけ答えた。

それから、3日後、倉持は先生に個人戦出場の意思を伝えた。

「団体にお前がいないっていうのはちょっと心細いけど。でも、今しかできないことをやった方がいいと思うから」

先生のほっとしたような、静かな興奮を抑えているような顔を見て、決断してよかったと思った。

ハルヒと祐介、そして、梶にはその後、報告した。もう決まったこととして伝えたかったからだ。先生に伝える前だと、どうしても3人の声を聞いて、また迷ってしまう。それが心配だったのだ。

実際、決断した後だというのに、ハルヒに「一緒にリベンジするんじゃないの」と言われた時は心が揺らいだ。その後、「うそうそ」と笑う顔を見た時はもっと揺れた。

梶は特に驚く様子もなく淡々とした調子で報告を受けると、「俺、なんか関係あります?」と憎たらしい口調で言った。一応、梶にも伝えなきゃと思ったことを後悔しかけたが、チームを頼むと伝えると、神妙な顔になって頷いた。

最後に伝えた祐介は、最初、怒ったような顔をした。倉持が団体戦の枠を祐介に譲ったと勘違いしたらしい。

全然関係ないと伝えても、しばらく半信半疑な様子だった。

「今しかできないことをやってみようと思って」

それらしい言葉を口にして、納得してもらおうとするが、祐介は倉持の言葉がまだ百パーセント自身の中で消化しきれていないことを敏感に察し、疑いの度を深める。

「……俺、倉持が出なくても団体戦、無理だから。受験もあるし、これから8月までずっと大会に備えるなんて無理だ」

　今度は倉持の耳が、祐介の言葉のざらつきを感じ取る。

「すごい勝手なこと言っていい？　なんとか両立させてよ」

「な」と言いかけた形に祐介の口が固まる。

「俺さ、個人戦に出ること決めたけど、やっぱり団体も大事なんだ。優勝したい。そのためにはどう考えたって、祐介の存在が必要なんだよ」

「……そんなこと」

「全国レベルの実力があって、梶とハルヒの間に入って、チームらしい空気も作らなきゃならない。その条件満たしてる奴って、うちの部に他にいる？」

「そりゃ……そんなオカン気質な奴は他にいないかもしれないけど、でも、実力だけで言えば」

　まだ言い募ろうとするのを遮って、倉持はきっぱりと告げた。

「俺、祐介が団体戦に出ないって言っても、個人戦に出るから」

　その言葉がどう響いたのか、それともまったく関係ない理由によるのか、その日から祐介が部活に戻ってきた。しばらく将棋を離れていたから、随分と勝負勘が鈍ってしまっている。倉持やハルヒなどの相手はもちろん、後輩にも負けた祐介は、塾の曜日を週末に移し、毎日、歩に負けないほど遅くまで部室に残って将棋を指すようになった。

「これで、団体のメンバーに選ばれなかったら、めちゃくちゃ俺、恥ずかしいんだけど」

しかし、勝負勘さえ取り戻せば、祐介の実力はかなりのものだ。個人戦を終えた後の先生の発表を待たずとも、ハルヒ、祐介、梶の3人がA1チームとなることは、もう暗黙の了解になっていた。少しでも安定して勝てるように、倉持は彼らの参謀役となり緻密な戦略を授ける。一切口にはしなかったけれど、4人目のメンバーのつもりでいた。


日はもうとっくに暮れている。その日も部室を最後に出ることになった倉持たちは、やはり練習を続けていた歩と共に、学校を出ようとしていた。

最近、歩と梶は一緒に行動することが増えている。歩が梶に振り回され、困っているのではないかと、心配して見ていたが、意外といいコンビになっていた。他の人には遠慮がちな歩が、梶に対しては厳しい言葉も口にする。空気をぶち壊すような発言を口にし、歩にぴしゃりと注意され、少ししゅんとする梶を見ることも少なくなかった。

ぞろぞろと団子状になって昇降口に向かう。

ハルヒがあっと声を上げた。

昇降口には、一人の少女がひどく落ち着かない様子で立っている。宇野美夏子だった。

「ストーカー？」

不用意な言葉を吐いた梶が、早速、歩に注意されている。

美夏子は倉持の姿を認めると、ほっとした顔で近づいてきた。

「もう帰られたかと思いました。すれ違いになったかと」

「……ええと、何か」

倉持くん、クールすぎというハルヒの声が背後から聞こえる。遠慮のない視線を注ぐハルヒたちを前にして、倉持はさらに一層クールにならざるを得ない。

いつも会うたびに躊躇ってばかりで本題に入ろうとしない美夏子だったが、今日は少し様子が違った。

「少し、お話よろしいですか。渡したいものがあるんです。できれば、少しお時間をいただければ、と思うんですが」

倉持は思わず背後に視線を送る。祐介がいかにも親切そうな好青年という顔で、「部室で話せば」と言った。

「もう今の時間なら誰もいないし」

確かに、今からどこかに移動して、店に入るというのも気が進まない。誰かに見られたら、何を言われるか分からない。

「……そうする。先帰ってて」

ハルヒは不服そうな顔になったが、祐介に腕を引かれると、それでも素直に帰っていった。

「じゃあ、部室に行こうか」

美夏子は無言で頷いた。

部室の電気をつけ、椅子に座る。目の前の席を勧めると、美夏子は緊張した面持ちで腰を下ろした。

「で、何、話って」

「あの……ごめんなさい」

彼女は机に額を打ちつけるのではないかと思うほど深く頭を下げた。

「ずっとお借りしてた物があるんです。倉持さんのお父さんから。何度も返そうと思ったんですけど、返せなくて」

「お父さんから？」

倉持は思わず椅子の背もたれから体を起こした。

「本当にごめんなさい」

再びの謝罪と共に差し出されたのは、一冊のぼろぼろのノートだった。一度水に濡《ぬ》れたのか、紙が膨れ、波打っている。

そっと手に取って、開いてみると、それは棋譜だった。日付と場所の他には、特に書き込みもなく、ただひたすら様々な対局の様子が記録されていた。

「お父さんにお借りしたんです。勉強になると思うからって。コピーしてすぐに返すつもりだったんですけど、不注意で水に濡らしてしまったんです……私、大事なものだと知ってたから、叱られるのが怖くて……返すのを先延ばしにしたんです」

美夏子は両手をぎゅっと丸める。目には涙が溜まっていた。

「そうしたら、お父さんが入院されたと聞いて。それから、亡くなられたことも知りました。私……ますます、怖くなって。……大事な形見をダメにしてしまって」

美夏子はぽろぽろと涙をこぼす。倉持が笑うと、彼女は赤い目をぱっと上げた。

「全然、ダメになってないよ」

「でも……」

「そりゃ、一部、読めなくなってるところもあるけど、前後を見ればその手が何だったかちゃんと分かるし」

「でも、ノート……水で膨れて」

「ノートは単なる記録したものだから。記録自体が無事なら、問題ないと思うけど」

美夏子は赤い目を瞬いて、「私は何をあんなに怖がってたんでしょう」と茫然としたような口調で言った。

「さあ……まあ、実際は大したことがない問題でも、解決までの時間が長くなればなるほど、その時間の分、本人にとっては解決しづらくなっていくからね。国同士の問題も、時間が経つほどこじれてったりするし」

美夏子は笑った。

「国同士の話が出るとは思いませんでした。私……倉持さんの大切な物をダメにしたって罪悪感で苦しくて苦しくて。でも、そんな風に言ってくれて、ありがとうございました。そして、本当にすいませんでした」

「本当に、謝るようなことじゃないって。それにありがとう。返さないで、なかったことにする選択だってあったわけだからさ」

「それは……ダメです。だって、このノートは倉持さんが持っているべきものだから」

美夏子は勢い込んで言う。

「だって、これ、倉持さんの将棋そのものじゃないですか」

ノートを最初のページから開く。最初の棋譜は彼が5歳の時のものだ。父と初めてハンデなしで対局し、負けた。悔しくて、悔しくて、声を殺して泣く彼を嬉しそうに見る父が憎たらしかったことを鮮明に覚えていた。

筆圧の強い特徴的な父の字で記された棋譜。大事な大会はもちろん、ちょっとした対局も漏らさず記録されている。記録係がいない対局であっても、最初から最後までどう動かしたかを再現させられ、わざわざ父が採譜していたことを思い出した。その時の少しうんざりしたような気持ちも。

「このノート、俺、すごく嫌だったんだ。なんて言えばいいかな。そう、子供の頃、授業参観とか嫌だったりしなかった？　あれが毎日続いてる感じだった。ずっと、親にいいとこ見せなきゃって気をはってたわけではもちろんないけど。でも、期待してるから、こういうことしてるんだろうなあとも思ったから、正直プレッシャーもあって」

倉持はゆっくりと水で濡れごわごわしたページをめくっていく。棋譜を少し目で追うだけで、記憶が蘇ってくる対局もあれば、まったく覚えていないものもあった。

奨励会試験の時の棋譜もあった。他の受験者との対局。目にするだけで、あの時の目の前が真っ暗になるような気持ちが蘇ってくる対局の棋譜も、まったく同じ、裏うつりするほど強い筆跡で記録されている。

そして、記録はそのまま変わらず、ノートの最後まで続いていた。

「私が借りたのは1冊だけです。多分、この後を記録したノートもあるんだと思います」

「将棋クラブにはなかったから、あるとしたらお父さんの部屋かな」

「絶対あると思います」

「だろうね。俺もそう思う。ノートが終わったからって、記録をやめるとは思えない……そうか、あの後もずっと記録続けてたんだ」

美夏子は「あの後」とは何かとは尋ねなかった。

倉持はノートをそっと閉じると、「ありがとう」と美夏子にもう一度言った。

「……本当に、もうそんなこと言わないでください。悪いのは私なのに、お礼なんて言われたら……申し訳なくて」

「いや。本当に、ありがとう。これ見て思い出せたからさ。思い出せたというより、気づいたっていう方が正確かな」

倉持はノートの表紙にある父の字を指でなぞる。

「俺、期待されるの嬉しかったんだなあって。しんどいばっかりだと思ってたけど、でも、それは期待されなくなったら嫌だって思ってたからこそなんだよなあ。今頃気づいた」

がたっと廊下から小さな物音がした。倉持と美夏子は思わず顔を見合わせる。そろっとドアに近寄って、ぱっと開けると、ハルヒたちがまるで漫画のようにどっと一塊になって教室になだれ込んだ。ドアに耳をつけていたらしい。中には歩の姿まであった。悪びれない様子のハルヒや梶とは対照的に、一人あわあわとしている。

「じゃあ、帰ろうか。話もキリのいいところだし」

何事もなかったように立ち上がり、ハルヒが言う。

「お前が言うなって」

「なあなあ、倉持、告白だと思ってたら、全然違った気分はどう？」

ニヤニヤしながら小声でからかわれ、倉持は手加減なく、ハルヒの後頭部を叩いた。

仕方なく、倉持はハルヒたちと共にぞろぞろと昇降口を目指す。

知らない男子の群れの中で、美夏子はいかにも身の置き所がないという様子だ。

倉持は彼女の横に並ぶと、「一度」と話しかけた。

先を行くハルヒはちらりとこちらを見たが、特に冷やかすということもなく、祐介との話に戻った。調子に乗りやすいところもあるハルヒだが、相手が不快になる一歩手前で、さっと引くのが彼のいいところであり、梶と大きく違うところだ。

「一度さ、対局したことあったよね。子供の頃。その時、俺に言ったこと覚えてる」

「はい……残念なことにはっきりと」

薄暗い校舎の中でも、彼女が顔を赤くしたのが分かった。

「あんま、なめんな」

当時の彼女のセリフを口にすると、彼女の肩がびくっとした。

「内容も、口調もひどいですね。私、あの頃、男の子みたいに振る舞いたかった時期で。……思い返すとイタいんですけど、思春期だったんでしょうね。ほんと、ごめんなさい」

「口調は別にいいんだけどさ。ずっと気になってたんだよね。どういう気持ちで言ったんだろうって。やっぱ、俺がなめてるように見えた？」

「当時の私にはそう見えたんだと。面倒そうに、つまらなそうに見えたんです。一手指す前から、もう相手が投了するのが分かってるのに、なんでわざわざやらなきゃいけないのって。ごめんなさい、単なる言いがかりですよね。あれだけ実力差があったら、退屈であっても当然だし、倉持さん、ただ淡々としてただけで、全然嫌な態度とか取らなかったのに」

「いや、今はもうあの時何考えてたとか全然思い出せないけど、なめてた部分は正直あったのかもしれない。自分の強さを過信してたのかも」

倉持は独り言のように呟くと、顎を触りながら小さく頷く。

「そう考えると、絶対なんて世の中にないと思えるようになったことも、悪いことではなかったのかもね」

「どういうことですか？」

「人生、無駄なことはないってこと？」

なんとなく疑問形になる。ここで断言できないのが自分らしくて、笑う。

美夏子がつられたように笑った。ずっと彼女の顔を覆っていた硬い緊張から解放された、ふわりと柔らかい笑顔だった。

第八章　歩は歩のままでいい

梶が腕を組んで、盤面を見下ろしている。盤上の局面はまだ中盤。歩とA級に出場する2年生との対局を再現したものだ。きっちりと玉を囲い、いくつか手駒もあり、遊んでいる駒もほとんどない。明らかに優勢なのは歩の側だった。

「で、なんでこれで勝てないの？　謎なんですけど」

「そうなんだよね、謎なんだよ」

梶の無遠慮な言いようにもだいぶ慣れた。最初はいちいち傷ついたりもしていたけれど、こういう人間なのだとあるところで諦めたら、聞き流せるようになった。

それに、彼は彼なりに、ではあるが努力していた。小さな黒い手帳をいつも持ち歩いて、何かあるといちいち覗き込んでいる。一度だけ歩が見せてもらうと、そこには梶の殴《なぐ》り書きのような汚い字で、びっしりと注意事項が書かれていた。『人の外見についてあれこれ言わない』とか、『人の失敗をバカにしない（「お前、失敗しただろ」などとわざわざ言うことも時にバカにすることになる）』とか、ごくごく基本的なことばかりだ。手帳を与えたのは本郷先生だ。何度注意しても忘れてしまう彼に、注意事項を書き留めて、見返すようにと言ったらしい。

　梶はさも嫌そうに、「こんなこと意味あるとは思えないけどね」と言うのだが、それでも時折、こっそりと読み返している様子は少しいじらしかった。

　梶に促され、歩は中盤の局面から、終盤の局面を再現していく。

「攻める形だけ作っておいて、なんで全然、攻められないの」

「だって……無暗に攻めたって意味ないだろ。僕はチャンスを待ってただけで」

「で、待ってるうちに終わっちゃった、と」

　返す言葉もない。実際、縄跳びの大縄にうまく入れず、いつまでも縄をぐるぐると目で追う人のように、攻めよう攻めようと思っているうちに終わってしまった。以前のように、飛車を上げて、次の手番で下げるというようなことはさすがになくなった。しかし、未《いま》だにその頃のような消極的な部分は自分の中に残っている。

「結局さ、決断力がないんだよね。このままじゃ、またA級で一勝もできないって。B級に変えれば」

　言い方はムカつくが、言っていることは間違っていない。耳が痛かった。

　先生に手招きされ、ぴょこぴょこと近づいていく。何か注意されるようなことでもしただろうかと咄嗟に悪い想像をしてしまったのは、もはや癖のようなものだ。

「今日、1年生相手に多面指しやって」

「え、僕がですか？」

恐る恐る聞き返すと先生は表情の読めない顔で頷いた。

「そういうのって強い人たちがやることですよね。倉持くんとか」

「歩だって、強いだろ。お前が強いって言葉に違和感を覚えるなら、あえて言い直すけど、1年生の初心者より強いだろう。教えることはいっぱいある」

「それは……そうかもしれないですけど。でも、教えるためには、ただできるだけじゃダメですよね。ちゃんと理解してないと」

「分かってるじゃないか。じゃあ頼むな」

先生にぽんと背を押され、5人の1年生が待つ机の前に立つ。1年生のきらきらとした真っ直ぐな目を前に、かあっと血がのぼるのを感じた。ひどくあがっていた。

「今日、相手してくれる先輩、栗原歩くんです」

先生に紹介され、頭を下げると、「よろしくお願いします」とぴたりとそろった声が返ってきた。

長机を移動しながら、順番に相手していく。立ち止まって、思い悩んでいる時間はない。

自分の番を終え、じっと歩が来るのを待っている1年生の姿が見えると自ずと気が急いた。どっちの手が早いのか、正しいのか。考え込みそうになるところを、えいっと振り切ってどんどん指していく。それでも間に合わなかった。迷うような知識もない1年生はノータイムで指してくる。歩は必死になって指し続ける。全ての勝負がついた時には頭がぼうっとしただけでなく、体までくたくたになっていた。

5人のうち2人に負けた。多面指しは指導のためにするものだから、勝敗はそこまで重要ではないのだけれど、将棋を始めて一月ほどの初心者に負けたのだと思うと凹んだ。勝った二人から、実は少しだけやっていたので、完全な初心者ではないから、と気を遣われ、さらに凹んだ。

肝心の指導もまた思うようにならなかった。咄嗟に言葉が出てこない。自分の説明で、1年生が小首をかしげるたびに、歩は内心パニックになった。

歩はかつて、1年生の時の多面指しというのは、上級生の強さを知らしめる意味もあると聞いたことがあった。こんな風に自分もなりたいと感じさせることが、その後の成長にも繋がるからだ。

自分が相手だと、将棋ってこんなものかと思っちゃったりしないかな。

そんなこともまた心配になった。

家に帰ると、母が祖父の体をベッドから起こしていた。体を拭《ふ》くのだという。手伝いを申し出ると、母は「ありがとう」とにっこり笑った。最近、薬が効いているのか、祖父の鬱の症状は随分改善されている。母の表情も明るかった。

鬱の症状がよくなったとはいえ、祖父の表情は相変わらず鈍い。母が食事の支度のため部屋を出た後、残った歩は祖父の顔を覗き込む。

少ししっかりしたけれど、まだどこか見知らぬ老人の顔をしている祖父に、歩は今日あったことを話し出す。

「今日さ、1年生への多面指しを先生に頼まれたんだ。多面指しってどんどん決めてかないといけないでしょ。それって僕が一番苦手なことなんだよね。多分……先生は苦手を克服させようと、僕に頼んだんだと思う。だけど、やっぱり苦手なものは苦手で」

「そうか」

祖父は歩の話を笑顔で聞いている。会話をするのも億劫《おっくう》そうだった頃から比べると格段の進歩だ。しかし、途中でふっとバッテリーが切れるように、ダルそうな表情になった。

「おじいちゃん、疲れちゃった？」

「ちょっとな」

祖父が目を閉じた。すぐに穏やかな寝息が聞こえ出す。じっとその寝顔を見つめていると、そうっと忍び足で妹が入ってきた。

「ご飯の時間までおじいちゃんのところに行けってお母さんが」

部屋の隅にあったパイプ椅子を引き摺ってきて、歩の横に座る。いかにも気が進まない様子だった。

「そういうことおじいちゃんの前で言うなよ」

小声でたしなめると、妹は肩をすくめた。

「だって、なんか怖いんだよね」

「何がだよ」

「何がって……なんとなく？　空気が重いっていうか」

「気のせいだよ」

「お兄ちゃんは気にならないよね。おじいちゃんに気に入られてたもん」

妹は言葉を途切れさせると、足をぶらぶらと動かした。

「お母さんにお兄ちゃん、見習えって言われた。おじいちゃんにもっと優しくしろって。でもさ、私、何したらいいとか全然思いつかないんだよね。正直、全然仲良くなかったし」

「だからそういうこと言うなって」

小声で答める。祖父の布団から出ている小指がぴくっと動いた。一瞬、会話に反応したのかとも思ったが、呼吸は深く安定している。

歩と妹はしばらく並んで祖父の寝顔を眺めていた。

「将棋、どうなの？」

妹が小声で尋ねる。

「そんなこと聞くなんてどうしたの。珍しい」

「別に。間がもたないだけ。で、どうなの、楽しい？」

「楽しいよ。そりゃ、大変だけどね。1年生を指導することになったんだよ。人に教えるなんてこれまでの人生でないことだったから、全然ダメだった」

「ふうん。でも、やめようとか思わないんだ」

「思わないね」

するっと即答してから、そういえばやめようと思わなかったなと思う。たった一度、1年生の時、やめようと思って、倉持に引き留められたと感じ、思いとどまったことはあった。しかし、あれ以来、落ち込んだり、悩んだりしたことはあっても、やめようと思ったことはない。

「なんかさ、お母さん、最近、お兄ちゃんを見習えってすごい言うんだよね。部活やれ、とかさ。私が帰宅部でも今まで何にも言わなかったのに」

　妹は深く重い息を吐く。

「なんでさ、あの人、人と人を比べるんだろうね。ああいうとこ無神経だよね」

「別に深い意味ないって」

「分かってるよ。だから、一層イラッとするってこと。まあね、大人だからって人間的に立派ってわけじゃないってことぐらい私も分かってるけどさ」

　妹はひどく大人びた顔をして、またため息をつく。だいぶ、しつこく言われているらしい。

「お母さん、俺には全然何も言わないよ。部活がんばってる、とか」

「また、そういうとこが、あの人はね」

　尖った妹の声に祖父の指がまたぴくりと動く。妹は祖父の手に触り、「冷たい」と少しびっくりした声を上げた。歩が布団をめくり、祖父の手を中に入れる。

「まあ、やるしかないね」

　唐突な言葉に一瞬きょとんとするが、すぐに1年生への指導のことだと分かった。

「そうだね。やるしかない」

　遠くから母がご飯だと呼ぶ声がする。二人はゆっくりと腰を上げた。

やるしかないという妹の言葉はまさに正しかった。来る日も来る日も部室では、1年生たちがずらりと並んで、歩を待っている。その後の多面指しも含め、とにかく迷っている暇はなかった。

迷うことが当たり前、確信が持てるものなんて何もない歩にとって、最初この状況というのは苦痛以外の何ものでもなかった。

しかし、ひたすら続けていくうちに、変化が出てきた。慣れてきたのだ。歩は次第に多面指しにおいて、決断を躊躇うことがなくなっていった。迷った末に、多分、こっちだろうと選んだことがほとんど合っていたからだ。

羽生《はぶ》善治《よしはる》名人は直感を大事にしているという。直感とは単なる当てずっぽうではなく、努力し、培った経験から生み出されるものだからだ。

羽生名人のレベルと比べるのはおこがましいけれど、でも、自分なりに「直感力」がついてきてはいるのかな、と少しは自分を信用するようになった。

それから歩は少しずつ変わっていった。1年生を教えている時に分かりづらいと言われても、怯《ひる》まなくなった。その失敗をひとつの糧として、違う言い方を試せばいいと思えるようになった。失敗し、人をがっかりさせるたびに、この世の終わりのように感じていた歩にとって、そんな風に失敗を冷静に扱えるということは、生まれ変わったかのような大きな変化だった。

　梶は盤面を見下ろして、大きくひとつ頷いた。たった今、歩は投了したところだった。怒濤《どとう》のダメ出しが始まるのかと思いきや、梶は「いいんじゃねえの」と言った。

「判断が早くなってるし、精度も上がってる。まあ、俺の敵じゃないけど」

　梶はにやにやと小ばかにしたように笑ったが、歩がじっと睨みつけると、慌てて、黒い手帳を取り出して読み始めた。何が間違っているのか確認しようとしている。すぐに何が悪いか、自分では気づけないのが梶の梶たる所以《ゆえん》だった。

「ちょっと、今、いい？」

　祐介が梶に声をかける。梶はばっとすごい速さで手帳をしまった。

　祐介の用とは定跡のことだった。もともとオタク気質で研究熱心だった上、一人でいることも多かった梶は、他の誰よりも定跡を深く研究していた。そのため、梶を苦手と感じる者たちの中でも、「定跡だったら梶に聞け」という認識が定着していた。

　どこか嬉しそうに梶が定跡を解説する。一通りの説明を聞いて、礼を言うと、祐介はそそくさと立ち去ろうとする。

　しかし、数歩歩いて、立ち止まり振り返った。

「そういえば、春久、どうしてる？」

「春久？　最近会ってないけど」

梶がにべもなく答える。歩も横に首を振った。

「3年になってクラスが違っちゃったから、全然会ってない。祐介こそ仲いいんじゃないの？」

「仲いいって、俺が？」

不審げな声に、歩の声は自然と自信のないものになる。

「だって、幼馴染なんでしょ。そりゃ、ちょっとぎくしゃくした部分はあるみたいだけど」

「あのなあ、春久の方から、俺を切ったの。ノリがウザい、受け付けないって。中学の時、俺もそれなりに話しかけてみたりしたけどさ、絶交だってずっとあいつは譲らなかった。だったら、こっちももういいやってなるだろ」

絶交という少し子供っぽい響きに、春久の祐介に対する甘えのようなものを感じた。春久は祐介が将棋にのめり込んでいくことに寂しさを感じていたのだろう。いつも一緒にいたのに、急に置いていかれたように感じて。「寂しい」と言えず、「絶交」を口走ってしまう春久は、第一印象とは真逆の不器用なタイプなのかもしれないと今更ながらに思う。

「でも、春久は祐介と仲直りしたかったと思うよ。将棋部に入ったのも、きっと祐介がいたからだと思う」

「多分ね。あいつの意地っ張りな部分も知ってるからさ、2年になってからは、俺も大人げなかったって反省して、声かけてみたりしたんだけどなあ。うるせえ、うぜえって。逆効果だった」

目に浮かぶようだった。部活に来なくなる前、春久はほとんどその2語しか口にしなくなっていたからだ。

「あいつは器用すぎちゃって、結果、不器用になってるんだろうな。なんでもある程度すぐにできてしまって、飽きてしまう。真剣にやれば絶対にすごい結果が出るって言ったこともあるんだけど、やっぱりうぜえって……まあ、俺の言い方もな、ついオカンっぽくなっちゃうから、反発したくもなるだろうけど」

自嘲的に呟くと、祐介は手をひらひらと振った。

「春久に会ったら、部活に顔出せって伝えといてよ。ウザい奴が心配してたって」

次の日の放課後、歩は春久の教室に足を運んだ。祐介と話して、急に春久のことが気になったからだ。彼が部活に来なくなってもあまり心配しなかった自分がひどく薄情に思えた。無理やり引っ張ってきたって、本人にやる気がなければ意味がない。そう思って放っておく方が親切ぐらいに思っていた。けれど、寂しい時に「絶交」と口走るような春久のことだ。

一度ぐらいじっくり話を聞くべきだったと思った。

もうホームルームが終わっているというのに、春久は机に突っ伏して熟睡していた。恐る恐る揺り起こすと、春久は充血した、どろっとした目を歩に向け、「歩か」と言った。

「何？」

喉の奥まで見せつけるような大きな欠伸《あくび》をして言う。

「……元気かなと思って」

我ながら白々しい言葉だった。しかし、話したい気分だったのか、春久は「元気だよ」と応じた。

「昼と夜が完全に逆転してて、だるいけど」

彼は今、ネットで知り合った友人らと、動画サイトに動画を投稿しているのだと言った。

「ほとんどゲーム実況なんだけどさ。基本、マイナーなゲームを発掘して、紹介するみたいな？　でも、それだと、やっぱ、なかなか再生数とか上がんないんだよな。神動画ができたって思っても、１週間経っても１００人見てたらいいとこでさ。最初は動画編集とか楽しかったけど、最近、そろそろ潮時かなって思う。眠いし」

ネットをほとんど見ない歩にとって、彼の話す話は半分も分からなかったけれど、分かったふりで聞いていた。分からないと言ったら、きっと、春久は説明を面倒がって話すのをやめてしまうだろうと思った。

「でも、やめちゃうのも、もったいないんじゃない。１００人の人が見てくれてるんでしょ？　十分すごいと思うけど」

ハンッと春久は鼻で笑った。

「１００人なんてゴミみたいな数字だって。再生数稼いでる動画はミリオンいってるからね」

「だからさ、徐々に数字を伸ばしていけばいいんじゃないの。みんないきなりそんな数字を稼げるわけじゃないんでしょう？　ちょっとずつ努力していけば」

「うぜえ」

「祐介も言ってたよ。春久は真剣にやれば絶対にすごい結果が出せるって」

「あいつ……マジ、うぜえ」

春久は天を仰いで、ふうっと息を吐いた。その表情はどこか痛いのを我慢している子供のようだった。

祐介も心配していることを伝え、部活に来ないかと誘うと、春久は「行かない」とはっきり言った。意思の感じられる声だった。

しかし、将棋は久しぶりに指してみたいという。歩は部室からこっそり将棋セットを持ち出し、春久の教室に戻った。

　対局は先手で四間飛車を選んだ歩の思惑通りに進んだ。春久は自身もかつて四間飛車で指していたのだが、対策の方は学んでいなかったのだろう。三間飛車の形にしたもののまるで、襟を持たせてもらえない柔道選手のように、翻弄されるばかりだった。

　春久はかつて歩を翻弄したハメ手で勝負に出るが、今の歩にはあまりにも見え透いている。歩が考え込むこともなく、回避すると、春久はあからさまにがっかりした顔をした。

　結局、すぐに勝負はついた。逃げられなくなった玉を睨みながら、春久はしぶしぶと「参りました」と言った。

「俺、弱っ。いや、お前が強くなったのか？　え、なんで？」

「なんでって言われても……努力したから、かな」

　歩が自分の中で一番答えに近い言葉を返すと、春久は小さく噴き出した。

「努力とか、普通に口にしてる奴、スポーツ選手以外で久しぶりに見たわ。相変わらず、昭和だな」

　スポーツ以外でも努力は大事だとか、努力は昭和のワードなのかとか、いろいろ言いたいことはあったが、「昭和だな」という言いようが無性に懐かしくて、他のことはどうでもよくなった。

「昭和だなって春久が言うの、なんか久しぶりに聞けて嬉しかった」

「嬉しいって、変じゃね？」

「変でも、嬉しいんだから、しょうがないよ」

そう言うと、春久は歩をまじまじと見た。

「お前、ちょっと感じ変わったな」

「そう？」

「うん。ふてぶてしくなったっていうか、かわいげがなくなった？　いやちょっと違うな、前からかわいかったわけじゃないし」

春久はぶつぶつと言葉を探していたが、見つからなかったようだ。

「まあ、とにかく、悪い変化じゃないよ。よかったんじゃない、将棋部に入ったことが。無理やり誘った俺に感謝しろよ」

「してるよ」

「俺もさ、わりと面白かったよ。続かなかったけどさ」

別れ際、将棋盤を抱えた歩に、春久は卒業後の進路を尋ねた。

「介護関係の学校に行こうと思うんだ」

祖父が倒れてから考えるようになった介護という仕事。担任の先生と家族以外に進路の希望を打ち明けるのは初めてのことだ。春久は「いいんじゃない」と軽く言った。

「なんかお前に合ってる気がする」

「春久は、卒業後どうするの？」

「そうだなあ。行ける大学見つけて、行こうかなとは思ってるよ。そこで、またなんか探す。勉強とか努力とか嫌いだからさ、感性で生きてける道、探すわ」

「……春久は努力が嫌いなんじゃないと思う。ただ、まだ好きなものと出会ってないだけだと思う」

春久は「うぜえ」と言って笑った。

「A級、がんばれよ。……それから、ウザい奴によろしく」

それから、数日後、春久は正式に部活をやめた。それを知った祐介は痛みをこらえるような顔をしたけれど、歩はこれが春久なりの宣言のような気がした。新しい道を本気で探し始めるという宣言のように思えた。


鏡の中の自分は少し青ざめているけれど、比較的落ち着いて見えた。念のため、「よし、落ち着いているな」と自分に暗示をかける。

県大会が始まる前のトイレには誰もいない。歩は鏡に向かって、じっと心を落ち着かせていた。

　1年の時も2年の時も試合の後、真っ青な顔をここで洗った。今日は絶対、そんな風にはならない。ぶつぶつと自分に言い聞かせる。

「そろそろ、開会式じゃない」

　背後から声がかかるのと同時に、鏡に倉持の姿が映る。

「え、いつから」

「ちょっと前から。なんか集中してるみたいだったから、話しかけられなかった」

　ハンカチを口にくわえ、不明瞭な声で説明しながら、倉持は手を洗う。

　また、倉持にカッコ悪いところを見られてしまった。歩は白っぽかった自分の顔がみるみる内に赤く染まっているのを茫然と眺める。

「試合前って緊張するよな」

　そういう倉持はいつもどおり淡々と落ち着いて見える。4冠を目指し、倉持が初めて将棋選手権の個人戦に出場することはこの会場でも大きな話題となっていた。彼の一局一局に大きな注目が集まるだろう。そのプレッシャーの中で落ち着いていられる倉持はやはりすごいと思う。そんな彼と同じA級に出るのだ。恥ずかしくない将棋を指そうと誓う。

「そろそろ開会式始まるよ」

そう言ってトイレを出る倉持の後を慌てて追う。最後にちらりと視線をやった鏡の中の顔は、まだゆでられたように赤かった。

岩手県将棋選手権の1日目。今日の個人戦の結果で、明日の団体戦のメンバーが確定する。今年は倉持が団体戦に出場しないこともあり、いつも以上に誰がメンバーになるか分からない状態だった。祐介、ハルヒ、梶の3名がA1チームとなることはほぼ確実と言われていたけれど、A2チームはほぼ白紙だ。誰もが心の中で団体戦を意識していた。まだA級で一勝もしたことがない歩も例外ではなかった。どんな実績の人間だって目指すのは自由だ。それにそれぐらいの気持ちでなければ、A級では勝てない。そう自分に言い聞かせていた。

まだまだ熱が引かない顔を、扇子であおいで冷ます。その扇子は卒業した名人にもらったものだった。いつもふてぶてしく、堂々と見えた名人だったが、この扇子が自分のスイッチだったのだと追い出し会の時に歩に打ち明けた。

「ほら、子供の頃、メガネかけると賢くなった気がしただろ。あんな感じ」

これを持っていれば、絶対にあがらない。〝名人〟のように堂々と振る舞うことができる。そう言い聞かせて扇子を持っているうちに、それは本当になったのだと名人は言った。

「僕はもう扇子がなくても大丈夫だから、歩にあげるよ」

自分はまだ扇子を持つのは早いとも思ったけれど、名人の扇子を握っていると確かに心が少し落ち着いた。指の震えも抑えられるような気がする。

次第に顔の熱も引き、それと共に心も落ち着いてきた。

第1回戦が始まった。相手は居飛車だ。やたら大きな駒音を立てながら、攻撃的な手を次々と指してくる。

歩は相手の攻撃を落ち着いて受けながら、玉を囲い、戦うための力を蓄えていく。

四間飛車は言ってみれば、肉を切らせて骨を断つ戦法だ。それが分かっていたのに、これまでの歩はうまくいかなかった。なかなか攻めるという決断ができなかったからだ。

肉を切らせながら、そろそろかな、そろそろかな、と時を計っているうちに、出血多量で死んでしまうというような間抜けな結末を迎えることが多かった。

慎重になりすぎることもまた、無謀と同じぐらい危険であることを歩は十分に学んでいた。

敵の攻撃が尽きかけている。今だと歩の『直感』が告げた。万が一のことがあっても、相手の手が、自分の玉に伸びる前に対処できるということも冷静に図りつつ、攻撃を開始する。

いつの間にか歩の駒音の方が大きくなっている。慌てて相手も自分の陣を固め、守りに回ろうとするが間に合わない。

歩の攻めは素早く、鋭かった。

「参りました」

自分で追いつめたというのに、相手の言葉が頭に入ってくるまでに時間がかかった。遅れて、自分がA級で初めての勝利を収めたのだという事実がしみ込んでくる。

自然に上がってくる口角をぎゅっと引き結ぶ。将棋は勝ち誇る競技ではない。その教えは歩の中に根付いている。自分にとって記念すべきA級初勝利といえども、敗者の前で勝利の喜びを振りまいていいはずがない。

歩は努めて淡々と感情を殺して、感想戦を終えた。

初めて、A級のトーナメント表にある自分の名前の上に赤い線が引かれる。嬉しくて何度も目をやった。

「やったじゃん」

腕を小突かれ、振り返るとハルヒがにいっと笑った。

「おめでとう」

「ありがとう」

抑えていた笑顔がはじけ飛ぶ。気分がよかった。今まで感じたことのない、自分が自分の人生の主役だと感じられるような高揚感が湧き上がってくる。

これまで目標に向かって努力すること、その過程こそが大事なのだと自分に言い聞かせて努力してきた。実際それは本当のことなのだろう。しかし、勝利の喜びは、そうしたある種、道徳的な正しい考えを吹き飛ばすほど強烈だった。

ハルヒと短い会話を交わす間もなく、第2回戦が始まる。第2回戦の相手はI高の生徒だった。県内随一の進学校だ。

1年生の時の自分であれば、学校名だけでビビッていたかもしれないな。硬い表情の相手をちらりと見ながら歩は思う。

心がとても静かだった。不思議と負ける気はしなかった。1回戦に勝ったことで気が大きくなっているのとは違う。もっと静かに自分を信じていた。

対局が始まった。

相手が穴熊に囲おうとしたのを察し、相手の陣が整う前に果敢に攻め込んでいく。無論、**玉**を囲い、自陣を引きしめることも忘れない。

大駒を取られても、眉ひとつ動かさず、相手の陣を蹴散らし、切り崩す。途切れそうで途切れない歩の攻め。相手の顔に疲労の色が浮かぶ。歩は手を緩めない。段位では歩より上の相手が、歩の空気に呑まれている。相手の駒が曲がり出した。指す手の震えが止まらないのだ。

歩は終盤もきっちりと読み切り、相手の**玉**を詰める。

トーナメント表の歩の名前からまた一段上へと赤い線が引かれた。

結局、歩はこの日、3つの勝星をあげた。すれ違いざま、本郷先生に「快進撃じゃないか」と言われ、その心地よい響きを何度も頭の中でリフレインさせる。

本当に気分がよかった。

トーナメント表のてっぺんまで赤い線が引かれたのは、当然のごとく、倉持だった。倉持の対局を見ようと、ギャラリーが取り囲み、まるで天才外科医のオペを見る研修医のような熱心な視線を注いだ。

そんな中でも超然とした態度で自分の将棋を指し続ける倉持に、歩は変わらぬ強い憧れと、そして自分でも意外なほどの誇らしさを覚えた。


試合後、本郷先生はみんなを集めた。先生は自分の前で生徒が必要以上に畏《かしこ》まるのは無駄だという考えの持ち主であるため、ミーティングといっても空気はどこかゆるっとしている。しかし、本郷先生が口を開くと、それまで雑談を交わしていた生徒たちもぴたりと口を閉じた。

先生の口から団体戦のメンバーが発表される。A1のメンバーには順当に個人戦でも好成績を上げた祐介、ハルヒ、梶の3名が選ばれた。当初から予想されていた3名であることもあり、部員たちの反応は薄い。

「A2の大将は、歩」

続けて先生がA2のメンバーを発表すると、どよめきが起こった。

「今日の結果を見て分かるとおり、歩、すごく頑張りました。それだけじゃなくね、後輩の面倒を見たり、部室にいつも最後まで残って誰よりも熱心に将棋に取り組んできました。そういった貢献度も含めて歩を起用したいと思います」

拍手が起こった。部員たちが次々に背中を叩く。手荒な祝福を受けながら、歩は顔が笑顔になるのを止められない。貢献度も含めての評価であって、純粋な実力だけを評価したわけではないのだと自分に言い聞かせても、団体戦に出られるという喜びは打ち消せない。笑みがこぼれ、慌てて口元を手で覆う。喜びをあらわにすることに慣れていなかった。

「まさかだよ。本当にまさかだよ」「一生、団体メンバーにはならないもんだと思ってた」

「人生って分かんないもんだね。人生って分かんない」ミーティング後、歩は興奮気味に、壊れたレコードのように、何度も何度も繰り返した。梶は少しうんざりした表情は見せつつも、それでも珍しく余計なことを言わず、「そうだな」と根気よく相槌を打ち続けた。

翌朝、重い体を起こして、鏡を覗き込むとそこにはひどくむくんだ顔が映っていた。緊張からか十分な睡眠をとることができなかった。それでも、意識は異様なほどにくっきりしていた。

Ａ２チームとして、歩と一緒に戦うのは2年生の二人だった。しかし、1年生からA級の団体戦に出場してきたこともあり、歩よりよっぽど試合慣れしている。この二人を差し置いて大将を務めるなんてと思う部分もあったが、実際試合が始まる頃には、やるしかないと腹が据《す》わった。自分を指名してくれた先生のためにも、結果を出して、その選択が正しかったことを証明したいと思った。

歩は昨日の個人戦の勢いのまま、力強い攻めを重ねつづけた。大将には一番強い選手を置くチームも多い中、次々に敵を撃破し、勝ち点を稼ぐ。

気づけば、Ａ２チームは決勝戦まで勝ち上がっていた。相手は勝ち点3のストレート勝ちで駆け上がってきた岩北高校Ａ１チーム。よく知った顔だというのに、敵チームとして向かい合ってみると、強者のオーラに圧倒される感覚があった。天敵を前にした動物はこんな気持ちになるのだろうか。勝てる気がしない。歩はなんとか気持ちを落ち着かせようと、オレンジジュースのペットボトルを開け、口に含む。

「これってさ、誰なんだろうね」

ハルヒが机の上の将棋盤を指して唐突に言った。シート状の将棋盤には郷土の偉人のシルエットが印刷されている。

「え、マジで言ってんの？」

冗談で言っているのかと半信半疑な様子の祐介に、ハルヒは「知ってるの？」と驚いた顔を向けた。

「いや、知らない方がびっくりなんだけど」

「だって、シルエットだけだよ。なんで分かるの」

「普通分かるだろ」

「分からないから聞いてるんじゃん。誰だよ」

「宮沢賢治だよ。作家の」

「え、今、何書いてる人？」

「死んでるよ！」

祐介の的確なツッコミに、歩は危うく口の中のオレンジジュースを噴き出しそうになった。なんとか周囲を水浸しにすることは防いだものの、慌てて飲み込んだジュースが変なところに入ってしまい、体をくの字にし、激しく咳《せ》き込む。ようやく、咳が収まった時には、先ほど感じた気おくれはきれいに消え去っていた。

「ほんと、バカだな、お前」

「バカとか言うなよ。ちょっと忘れてただけだって。あれだろ、食べられちゃうやつ書いた人だろ」

「『注文の多い料理店』な。食べられちゃうやつって言い方がバカっぽい」

「バカって言うなって」

漫才のような祐介とハルヒのやり取りはまだ続いている。歩は思わず笑いながら、このノリで強いんだからすごいよなあと思う。いや、このノリだから、強いのだろうか。

「なんかもう、ハルヒのせいで、悪い意味で緊張がとけちゃったな。でも、俺ら、ここで負けるわけにはいかないんで」

祐介ににやりと笑われて、歩は負けたくないと思った。祐介たちも、そして、歩自身もどこかでA1チームが勝ち上がるのが当然だと思っている。その予想に一矢報いたいと思った。身内戦は挑戦者的な立場である格下の方が有利だと言われる。可能性はゼロではないと思った。

対局が始まった。歩は懸命に自分の形を作ろうとするが、祐介がそうさせてくれない。彼の将棋に身内戦だという油断や甘さは微塵もなかった。ミスのない正確な将棋。歩は攻めあぐね、何度か意味ない手を指すはめになった。

歩は必死に粘ったが、敗北への流れは変えられなかった。

気づけば、他の二人の対局も終わっている。結局、0－3のストレート負けだった。

感想戦が始まった。祐介が歩の誤りを指摘し、どうすればよかったのかを提示する。なるほどと感心していると、横から倉持が違う手を提案する。そちらの方がいいように思えて頷いていると、意見を求められた。しどろもどろになりながら自分なりの意見を述べる。二人は丁寧に耳を傾けた上で、ばっさりと否定した。歩はがっかりするが、嫌な気持ちにはならない。二人がひたすら純粋に最善の手を考えようとしているのが分かるからだ。ハルヒや梶も加わり、検討は熱を帯びてくる。

歩は初めて将棋部を訪れた時に見た、倉持や内藤たちの感想戦を思い出した。あの輪に入りたいと強く思ったことも。

今、自分はあの日願った場所にいるのだと思った。

「ほら、いい加減終わりにして、片づけろ」

本郷先生に促されても、皆、やめようとしない。再度強く言われて、しぶしぶ駒を片づけ始める。そのなんとも不服げな様子は、まるで大好きなおもちゃを取り上げられた小さい子供のようだった。

帰宅した時、祖父はうつらうつらしていた。新しく変えた薬がどうやら強いようで、最近祖父は意識がぼんやりしていることも多い。母は担当医に前の薬に戻してほしいと頼んだのだが、聞き入れられず、病院に不信感を抱き始めている。近々病院を変えるとまで言い出すようになっていた。

「おじいちゃん、僕、今日、A級の団体戦に出たんだよ。2位になった。1位ではなかったけど、でも、2位って〝立派〟な成績だよね」

祖父はぼうっと賞状を眺めている。

「僕さ、**金**になれたかな。これでもまだ……僕、**歩**のままかな……」

「**歩**は**歩**のままで十分強い」

思わず祖父の顔を見る。いたずらっぽく光る目。微笑みをたたえた口元。よく知る祖父の顔だった。

「おじいちゃん」

そう呼んで、改めて顔を見るともう以前の祖父の顔は消えていた。どろりとした目と弱々しく開いた口元という、今の祖父の顔がそこにあった。祖父はまたうつらうつらとし始める。しばらく寝顔を眺め、歩は立ち上がった。

夕食は甘口のカレーとミートボールだった。子供の頃好きだったメニュー、そして、今も好きだと母が思い込んでいるメニューだ。賞状を見せた時、母は薄い反応しか示さなかったけれど、このメニューを見る限り母も喜んでくれているのだろう。母ほど話すのが好きな人が、どうして、一言褒めてくれないのだろうと思ったりもするが、きっと母の中でそれとこれとは別なのだろう。

食後、歩は父と共に祖父の部屋に入った。一緒に将棋をしないかと誘われたのだ。普段、そんなことを言う人ではないので、驚いたが、断る理由もなかった。

父の指す将棋はやはり父らしかった。正しくて、融通が利かなくて、自分の意思を押し通す。ある意味で指してくる手の予想がしやすく、対策も立てやすかった。

勝負はあっけなくついた。父の玉はもう詰んでいる。しかし、父は腕組みをしたまま、「参りました」となかなか言わない。

しばらくして、ようやく「参ったなあ」とぼやくように言った。

「こういう時もっと嬉しいかと思ったんだがなあ。ほら、子供に負けた時こそ、その成長を感じるっていうだろ。だけど、実際のところ、ただただ悔しい」

口をへの字に曲げて、実に悔しそうに言う。

「強くなったんだな」

「そんな悔しそうに言わなくても」

「悔しいんだからしょうがないだろう。私は負けるのが嫌いなんだ」

「僕も、負けず嫌いだったみたい。今までそんな風に思ったことなかったけど」

そうかと父は少し眩しそうに目を細めて、歩を見た。

「大会、すごかったんだってな」

「すごいかは分からないけど、これまで一度も勝てなかったA級で勝てたし、団体では2位になれたし、自分としてはよかったって思ってる」

「その……すごいじゃないか」

ものすごい棒読みでそう言うと、父は誤魔化すように咳払いをする。腕を組んで黙ったかと思えば、低く唸り始める。まるでモンゴルの独特な発声法ホーミーのように見事な唸り声だった。

「どうしたの？」

恐る恐る聞くと、父は「無理だ」と言った。

「香織にな、言われたんだ。ちゃんとお前を褒めてやれって。将棋に誘ってさりげなく男同士話をしろって。だがな、私はそんなことさりげなくできる人間じゃない。嘘をついているようで、落ち着かない。だから、全部、誤魔化さずに話すことにした」

「台無しだよ」

歩は笑う。この伝え方の下手くそな感じが誰かに似ていると思ったら、梶だった。

すうすうという祖父の寝息が聞こえる。歩は父に「**歩**は**歩**のままで十分強い」と祖父に言われたことを話した。

「これまで、いつか金に成れって、ずっと言ってきたのに、全然違うこと言うからびっくりした」

「……そりゃ、その、そのままのお前を認めたってことじゃないのか」

父はうつむいたまま、また棒読み口調で言う。

「そうかな。そうだったらいいな。でも、言われてみたら、ちょっと寂しかった。いつもみたいに、金に成れって言ってほしかったのかもしれない。前は、そんな風に言われるのがなんだかプレッシャーだったのに」

「それは、お前に自信がついたからだろ。プレッシャーを背負えるぐらい力がついたからだろ」

「そうかな……自信……ついたのかな」

あんなに欲しかった自信が今、自分にはあるのだろうか。だとしたら、いつの間に、自分はそれを手に入れていたのだろう。

「おじいちゃんはな、俺に対してはめちゃくちゃ厳しくて、何やったって立派なんて一度も言ってくれなかった。多分、言ってほしかったんだ、俺は。だからこそ、俺はもっとお前にちゃんと言葉を伝えなきゃいけなかったんだと思うよ」

立派だ。

立派だ。

立派だ。

間を置いて、父が繰り返す。涙がつっとまなじりからこぼれ落ち、歩は慌てて目をごしごしとこする。

「もう一局どうだ」

そう言う父の目も赤くなっている。

「いいね」

歩はもう一度、目をごしごしとこすり、駒を並べた。

第九章　王手！

今年の全国高等学校総合文化祭将棋選手権大会の会場は青森だった。同じ東北ということで岩手に近く、移動も楽だ。

本郷先生の運転で大会へと向かうメンバーの士気は例年以上に高かった。自分たちが去年より確実に強くなっているという実感があった。

倉持は県大会後も団体戦のメンバーと行動を共にし、一緒に戦略を練り、共に鍛錬《たんれん》を重ねた。祐介が昨年、実質的に団体戦の一員だったように、倉持もまた4人目のメンバーだった。本人もそうありたいと思っていたし、祐介たちもそれを喜んで受け入れた。倉持があまりに団体戦に時間を割きすぎるため、一度、ハルヒが「自分のことはいいの？」と尋ねたことがある。倉持の答えは「だって、これ俺の戦いだと思ってるし」というものだった。

大会前の合宿では、中越プロも彼らの棋力《きりょく》の向上を認め、その努力を称《たた》えた。毎回のように「魂がない」だの「かわいげがない」だの散々なことを言ってきた倉持に対しても、「君の中の火は、アルコールの炎のように見えにくいだけなんだな」と分かったような分からないようなことを言った。遠回しな表現ではあったが、彼は倉持の優勝を目指す思いの強さを認めたのだ。

合宿でも倉持の優勝を目指す姿勢は徹底していた。本郷先生やプロたちにもきちんと頭を下げ、相談し、自分とチームの優勝のために協力してほしいと頼みこむ。若者の頑張る姿に弱く、頼られることに弱い中越プロは完全に骨抜きにされていた。

移動する車内で、梶がクッキーの数を数えている。ハルヒから渡されたこの菓子が一人いくつまでかを計算しようとしているのだ。倉持はまずは一枚だけ取るのが普通ではないかと思ったが、以前の梶であれば全部あるだけ食べてしまっていたのだから、大変な進歩だ。

「梶、俺の分も一枚食べていいよ。俺甘いものそんなに好きじゃないから」

祐介が梶に声をかける。梶は無言で頷いて、もそもそとクッキーを口に押し込む。ハラハラして見ていたら、案の定喉に詰まらせ、盛大に咳き込んだ。

「水、水」

ハルヒが慌てて、自分のペットボトルを渡す。梶は慌ててそれを飲み干した。ハルヒは空になったペットボトルをじっと見る。しかし、何も言わなかった。

梶も、祐介たちも双方がそれぞれに気を遣い合っていた。チームの空気がぎすぎすしているようでは、本来の力は発揮できない。それは昨年、倉持たちが痛感したことだ。

チームの実力とは、メンバーの力を単純に足したものではない。チームの力を増幅させるムードもあれば、半減させる空気もある。

内心面倒だと感じていてもお互いを気遣うことができるのは、団体戦優勝という共通の目標があるからだ。そして、互いの強さを認めているからでもある。

「あれ、俺の分のクッキーは？」

「あれ……梶、計算間違ったんじゃない」

「ごめん」

「ああ、いい、いい、大丈夫」

優勝にかける思いは、倉持も含め、みな等しく強かった。

大会の会場は真新しい会館だった。何もない開けた土地に、大きな建物だけが突然にょっきりとそびえている。宿泊場所からも少し距離があり、本郷先生の運転で会場の前まで移動した。

「頑張って」

倉持は3人に声をかける。頑張るなんて、当たり前のことなのだから、もっと気の利いた言葉でも口にしたいところだったけれど、まったく思い浮かばなかった。

「倉持も、頑張って」

頷いて応えると、倉持は3人と別れる。団体戦の会場が大ホール、個人戦の会場が小ホールと分かれていたからだ。

ひとり指定された場所に向かいながら、さっき口にすべきだった言葉について考えを巡らせる。「頑張りすぎないで」と言うのも変だし、「ちょうどいい感じに、うまくやってよ」というのもおかしい。「頑張るから」という言葉が浮かび、これが一番しっくりきた。

自分が頑張ることが、相手の頑張りに繫がっているような、そんなイメージがいいなと思った。

団体戦のことは気になるけれど、今は目の前の対局に集中しよう。倉持は自分に言い聞かせる。これで優勝できなければ、個人に出ようか団体に出ようか迷った意味がなくなる。

しかし、そうは思っても、どこか自分も一緒に団体戦を戦っているような、自分の一戦も団体戦のひとつとして数えられるような、そんな感覚があった。

全国大会のレベルとなると、誰しも熱心に定跡を研究しているし、ほとんど間違えず最善手を指す。いかに間違えないか、いかに間違いを見過ごさないかが重要だ。

倉持は針に糸を通すような正確さで、正しい手を指す。じわじわと相手の力をそいで、自分の力に変え、一手差をきっちり守りきり、寄せていく。倉持の対局を見ていると、あまりにも合理的ですっきりとしているので、誰にもできるような気がしてくる。しかし、それは倉持の定跡に対する深い理解と、相手の心理を読み解く洞察力、そして、経験に裏打ちされた直感力があるからこそ可能な王道の将棋だった。

決勝戦では、相手の戦法との相性を考え、倉持はゴキゲン中飛車を選んだ。純粋に勝つために選んだ戦法であったが、一瞬、彼にそれを引き継いだ内藤先輩の顔が頭をよぎった。内藤先輩がその先輩から受け継ぎ、その先輩もまたその先輩から受け継いできたゴキゲン中飛車。それを使うことで、将棋部の代表として戦いたいという思いが、無意識だったが、あったのかもしれない。後で倉持はそんな風にも思った。

しかし、対局中はそんな思いはよぎりもせず、ひたすら目の前の勝負に意識を集中させる。集中しすぎて、会場の音などはもちろん、座っている椅子の硬さなども遠くなっていく。体さえも意識から遠くて、倉持は次の手を考えることよりも、駒を思うように置いたり、対局時計を素早く止めることに苦労する。体が思考の速度に追いつかない。

「参りました」

まだ詰みではなかったが、勝てないと冷静に判断した相手が投了する。助かったと思った。もう、心は半分、団体戦の会場に飛んでいる。

感想戦を終え、立ち上がると、本郷先生に腕をぽんと叩かれた。

「おめでとう。これで4冠達成だな」

表情にも口調にも、興奮が滲んでいる。いつも冷静な先生がこれだけ興奮するのか。そう思ったら、じわっと嬉しさが湧いた。

先生と共に団体戦の会場に急ぐ。

急ぎ足で会場に入ると、決勝戦の真っ最中だった。大勢のギャラリーが囲んでいるのに、しんと静まり返った会場には、駒音だけが響いている。

既に、梶の対局は終わっていた。いらいらと爪をはじいている様子から、結果は知れた。

倉持が会場に到着して間もなく、ハルヒも投了した。

この時点で、岩北高校の優勝はなくなった。しかし、そのことに気づいても祐介が自分の対局を諦める様子はなかった。

自分のためではない。チームのためにせめて一勝をあげたい。

祐介の手には、勝利への強い執着のようなものが滲んでいた。

それを涼しい顔で払いのけたのがN高の墨田だ。少しずつ駒差を稼ぎ、リードを広げる堅実で、粘り強い将棋。それはまさに倉持のコピーと言っていい試合運びだった。

墨田と決勝であたることは想定済みであり、何度も対策を練り、シミュレーションを重ねてきたというのに、祐介は墨田にうまく対処することができない。じわじわと離されていく。

ブランクがあったことで、やはり勝負勘が鈍っているのか、祐介は数少ないチャンスをも逃した。祐介の顔が強張る。忙《せわ》しない目の動きから、半ばパニックにあることが感じられた。祐介は立ち上がった。対局中、席を立つことは、あまり推奨《すいしょう》もされていないが、禁じられてもいない。

対局時計が淡々と時を刻んでいく。心配になりかけた時、祐介が戻ってきた。外で新鮮な空気でも吸ってきたのか少ししっかりとした顔になっている。

それから祐介は驚異の粘りを見せた。じわっと広がった差を縮めたりもした。しかし、そこまでだった。大差をつけられることこそなかったけれど、縮まった差のまま、祐介は負けた。

0−3のストレート負けだった。

「マジで勝ちたかったな」

帰りの車内で、ハルヒが誰に言うでもなく言った。乱暴な仕草で目をこする。決勝が終わってから、ハルヒの目はずっと赤い。

暗い車内に小さな嗚咽《おえつ》が響く。梶は声を殺して泣いていた。

「めちゃくちゃ全力でやって負けた」

気の抜けた声で祐介が言う。

全力でやったならいいじゃないか、とか、そんな安易な慰めの言葉は口にする気にもならなかった。倉持もまたチームの一人であり、当事者だったからだ。彼の中には、自分が一勝あげたものの、1－3で負けたというような意識があった。

「何が足りなかったんだろう。どうすればよかったんだろう」

祐介の疑問は、倉持の疑問でもあった。必要条件だと思うものを、片っ端から試してきたつもりだった。自分が出ればよかったのだろうかと一瞬思って、慌てて打ち消す。今更こんなことを、考えるなんて、祐介たちにも失礼だと思った。

先生は無言でハンドルを握り、夜の道を走り続ける。

高校生活最後の夏はこうして終わった。

優勝しか見えていなかった4人にとって、準優勝は悔しい結果だった。しかし、各都道府県を代表する48校の中で、準優勝というのは立派な成績だ。

ホテルの一室を貸し切っての祝賀会。祐介、ハルヒ、梶の3人は、倉持と共に、主役として壇上に上げられた。

「倉持謙太郎君が個人戦で優勝。彼はこれで前人未到の4冠を獲得したことになります。また、団体戦はこの3人のメンバーで準優勝。4年連続で表彰台に立つという、いい結果を残すことができました。ご報告いたします」

本郷先生が４人の結果を改めて伝えると、校長先生や他の先生、ＯＢたちは彼らに惜しみない拍手を送った。

なかなか途切れない拍手に対し、４人は何度も頭を下げた。

「なんかさ、もやもやするんだよね」

祝賀会会場に用意されたケータリングの料理を、味が混じるのも構わず、皿にこんもりと盛りつけながら、ハルヒが言う。声にはどことなくいつもの張りがない。

「分かる。全力出したはずなのに、不完全燃焼って感じがあるんだよな」

祐介の手にする皿にはまるでフレンチの前菜かのように、食べ物がきれいに並べられている。こんなことにも性格が出るんだな、と倉持は感心する。ちなみに梶の皿はローストビーフだけが大量に盛られており、倉持の皿はというと、大量のパンが載っている。

「倉持、だから、炭水化物ばっかりとるなって」

祐介に見とがめられて、倉持は真顔で反論する。

「だって、炭水化物あると安心するだろ。カロリー高いし」

「何そのお前のカロリーへの絶対的信頼」

祐介は笑い出し、それ以上何も言わなかった。

４者４様の皿を手に、倉持たちは自分たちに割り当てられた席につく。

　大人たちが交わす声で、部屋は満たされていた。会話をするには、負けないぐらいの声を張り上げるか、顔を近づけてひそひそとやり取りするしかない。倉持たちは後者を選んだ。

「俺、ひとつ思ってることがあるんだけど」

　倉持がそう言い出すと、梶もすぐに「俺もあるんだけど」と続く。

　ハルヒも祐介も、「実は俺も考えていることがあって」と言い出した。

「全国学生将棋選手権」

　声が見事にはもった。梶だけ一人違うことを言ったようにも聞こえたが、まるで同じことを言ったような顔をしている。倉持はあえて気づかなかったふりをする。

「すっごくない？　以心伝心って感じ」

　興奮気味にハルヒが言う。優勝を逃して以来、その顔を覆っていた、憂鬱そうな表情は、さっぱり消え失せていた。

「やろう。やるしかないよ」

　祐介の言葉に頷く。祝賀会のテーブルで4人はひそひそと計画を練り始めた。

　全国学生将棋選手権とは3月に行われる、学生であれば参加できる大会だ。とはいえ出場者のほとんどは大学生で、団体戦の優勝もほとんどT大、R大、K大といった超難関大学が占めている。高校生がこの大会に挑む上で何より難しいのは、5人制だというところだ。

高校の団体戦は3人制であるため、3人までは強い選手をそろえられても、残り2人の実力が少し落ちるという高校がほとんどだった。岩北高校も例外ではなかった。平均的に部員の棋力は高いが、倉持、祐介、梶、ハルヒと並んで、見劣りしない人物を挙げるとなるとなかなか難しい。

「でも、5人制だと、誰かがはみ出るってことがないからいいね」

「そうだな」

ハルヒのやけにしみじみとした言葉に、倉持は優しく相槌を打つ。全国大会の時、4人目のメンバーだと思った気持ちに嘘はなかったけれど、やはり、実際チームに加われた方がずっといい。

部員の名前を片っ端から挙げ、チームの戦力としての可能性を検討する。しかし、なかなかこれという人物が挙がらない。

「歩は?」

倉持が名前を挙げると、梶が即座に否定した。

「あいつはダメだよ。メンタル豆腐だから」

「そう? 最近の歩、メンタル強くなったなあって思うけど。大体、試合に負けて号泣する奴に言われたくない……」

ハルヒの言葉に、梶はわーっと大声を上げて立ち上がり、摑みかかろうとする。

梶と倉持が鋭く呼ぶと、ふっと我に返ったような顔になって、すとんと腰を下ろした。

「歩ねえ。単純に棋力で言えば、もっと強い奴いるよね、2年とかに」

祐介の現実的な指摘に、倉持は考え考え言った。

「確かにそうなんだけど、歩ってちょっと……将棋部そのものって感じしない？」

「え、どういうこと？」

「なんていうか……手が届かなそうな目標に挑み続けてるうちに、成長してるとこ？　だって、歩、最初、まったくの初心者だったんだよ。なんか、最初、県大会を突破するのも難しかった将棋部と重なるものがない？　1年ごとに目標をクリアして、どんどん強くなってく感じがさ」

「倉持って歩のことそんな風に見てたんだ」

「分かんない。今、話しながら自分でびっくりしてる」

適当に言ったのかよ、と祐介は笑った。

「俺は歩だとちょっと不安が残る気がするけどな」

「A2の大将もやったんだし、実力はそんなに問題じゃないんじゃない」

ハルヒの言葉に、祐介はそうかなあと首をかしげる。

「大学生を相手にするんだよ。まあ、とにかく、メンバーを決めつつ、3月に向けて準備しよう。目標は今度こそ優勝ってことで」

メンバーは頷き合う。もやもやとした気持ちは消えている。日本を代表する頭脳が集結する大学を相手に優勝する。あまりに困難な挑戦に、だからこそ胸が高鳴った。


会が進む中で、倉持は何度も本郷先生に呼ばれ、知らない大人を紹介された。大人たちは倉持の4冠を称え、倉持が礼を言う。そんなことが何度も繰り返された。

「倉持、疲れてないか」

ほとんどの来客が姿を消し、がらんとした部屋で、先生が確認する。ハルヒたちはもう30分も前に会場を後にしていた。

「すっごい疲れてます」

正直に答えると、先生は苦笑した。

「そこは、気を遣って、『全然大丈夫です』って言うとこだろ」

「いや、全然大丈夫じゃないので」

「それは悪かったよ」

先生はテーブルに残っていたビール瓶を手に取ると、空いていたグラスに注ぎ、喉を鳴らして飲み干した。

「今の内緒な」

「ビールのことですか？」

「ああ、未成年に悪い影響を与えるって、クレームになるかもしれない」

「ビールってどんな味なんですか」

「俺は絶対に飲ませないからな。お酒は二十歳過ぎてから」

効率的でない古い慣習や理不尽なルールは躊躇いなく破棄するのに、飲酒のルールはきっちり守るんだなと思った。

「そっか、先生ですもんね」

「お前は俺をなんだと思ってたんだ」

「……先生です」

「なんだ、その間は」

先生は苦笑する。

本当は先生というより、師という言葉がぴったりきたのだけれど、気恥ずかしくて言えなかった。

そんなこととは知らず、先生は気の抜けたビールを美味しそうに飲んでいる。

「倉持。お前もしかして……いや、こんなこと聞くの卑怯《ひきょう》だな」

「個人戦に出たことを後悔してないか、ですか？」

「お前、たまに鋭すぎてやんなるよ」

先生は倉持を促して壁沿いに並べられた椅子に座った。

「結論から言えば、後悔してないです。っていっても、自分で自分のこと把握するのが下手なんで、多分、がつきますけど」

倉持は残っていた料理をつまむ。ドリアのように見えるが、冷えて糊《のり》のようになった物体は、なかなか飲み下せない。

「俺、正直、4冠とかよく分かってなかったんです。前人未到とかすごい大げさな感じの言葉がついてたから、すごいんだろうなと思ってたつもりだけど、全然分かってなかったんです」

しかし、4冠獲得後、倉持は反響の大きさに驚くことになる。まず滅多に鳴らない倉持の携帯電話に百件近いお祝いメールが届いた。普段、用事がなければメールをしない倉持にとって、未読に2けたの数字があるということは、ただただ驚きでしかなかった。もう顔も覚えていないような人から、連絡先を教えていたっけと驚くような人まで、いろんな人からメールが届いた。中には、岩手県を離れ、就職した水野からのメールもあった。「新しい仕事に慣れず、苦労している。でも、謙太郎が頑張ってるんだから、頑張ろうと思えた」。そんなことが書いてあった。

電話も鳴った。みな、おめでとう、すごい、頑張ったね、そう口をそろえて言った。

「それで漠然となんだかすごいことなんだなって思うようになったんです。こんなにみんなが喜んでくれてるんだからすごいことなんだろうって。でも、一番大きいのはやっぱり先生なんだと思います。俺が4冠獲った時の先生の嬉しそうな顔見てたら、これでよかったんだって。期待に応えられたんだって、すごくほっとして」

先生は黙ってビールを飲みながら聞いている。

「俺、ずっと自信がなかったんだと思います。一応試合とかでは勝つから、自信あるんだろうなって自分でも思い込んでたけど、でも、ほんとは多分、ずっと自信がなかった。誰かの期待を裏切って、がっかりさせるんじゃないかって怖かった。実際、去年の団体ではみんなをがっかりさせてしまったし。だから、期待されて、それに応えられた4冠って、すごく大きいんです。ちょっと自信が持てたっていうか」

ならよかった。顔を伏せたまま、小さい声で先生が言う。ならよかった。ならよかった。

暑い日だった。暑さのせいか、夏が終わろうとしてるからか、蟬《せみ》が道端でゴロゴロ死んでいる。

目当ての家はすぐ見つかった。チャイムを押すと、ごくごくありふれたピンポーンという音の後、すぐに扉が開く。顔を出した女性は、年齢的に歩の母だろうと倉持は見当をつけた。

「友人の倉持謙太郎と申しますが、歩くんはいらっしゃいますか」

丁寧に尋ねると、母は微かな警戒の色を消し、満面の笑みを浮かべた。

「あら、ちょっと待ってちょうだいね」

「あゆむー」と大声で呼ぶのが聞こえる。続いて、階段を駆け下りる足音が聞こえてきた。

「い？」

倉持の姿を認めるなり、歩は声にならない声を発してフリーズした。

「どうも。急に寄ってごめん。ちょっと話したいことあってさ、いい？」

歩はがくがくと頷いた。

倉持は歩の部屋に通された。母が出してくれた麦茶を飲みながら、歩の部屋をぐるっと見渡す。歩から受けるイメージ通りの、地味で落ち着いた部屋だった。壁にペナントが飾ってあるのがより、らしい。

一通り観察すると倉持は、緊張した面持ちの歩に向き直る。

「あの……話ってなに？」

「ちょっと相談があるんだけどさ……その前に、久しぶりに、一局やんない？」

倉持の一言に、歩は恐怖でも覚えるかのような顔をした。

「え、な、何、なんで」

混乱した様子ながらも、歩は部屋にあったプラスチック製の将棋セットを取り出し、床に置いた。二人はもくもくと駒を並べ始める。歩は慣れた動作を行っているうちに少し落ち着いたようだ。

倉持が歩と対局するのはこれが二度目だった。最初は1年生の時。なんとなく、気になって対局に誘った。あれから、一度も対局しなかったことに特に理由はない。普段の部活ではつるんでいるグループが違ったし、大会や部内の順位戦でもまるで避けているかのようにあたらなかった。

「歩って、俺のこと避けたりしてないよね」

ためしに尋ねると、歩ははじかれたように、首を横に振った。

「ならいいんだけど。今更になってさ、なんで歩と全然対局しなかったんだろうって気になって」

「……それは、レベルが違うから」

「レベル？」

「うん。だって、最近まで、倉持くんとこんな風に対等に話せるなんて思ってなかった。まあ、今は急なことでパニックになっちゃって、普通に話せてないけど、でも、これでも1年の頃よりは対等な感じで話せるようになったと自分では思う」

「対等ってなんだよ」

「うん、だって、1年の時とか、本気で身分が違うって思ってたから」

「身分とか、バカみたいなこと言うなよ」

「うん、バカだった」

歩はなぜか嬉しそうに言った。

会話に集中しているうちに、対局は随分と進んでいた。ハンデがあるとはいえ、歩が随分と有利に進めている。倉持は1年生の時のイメージに捉《とら》われ、無意識のうちに彼を侮っていた自分に気づかされた。彼は思った以上に冷静で、野心的な指し手だ。こんな思いつきのように始まった対局でも、歩は倉持に真剣に勝とうとしていた。倉持はそのことに驚き、嬉しく思った。

やっぱり、5人目のメンバーは歩がいいと思う。

倉持は明らかな劣勢にある盤面を眺め、顎を触って考え込む。そして、反転攻勢の手掛かりを見つけ、慎重にくさびを打ち込み、あれよあれよという間に逆転してしまった。

投了した歩は茫然と盤面を見つめている。

「……前半、わざと手抜いてたの？」

「違う。俺が勝手に油断してた」

「油断してても勝てないのか。悔しいなあ」

低く唸ると、歩はうっすらと笑った。

「でも、悔しいのが嬉しいんだ。1年生の時は、倉持くんに負けて悔しいなんて思いもしなかったから」

将棋の駒を片づけていると、歩が突然「奢ってない」と小さく叫ぶように言った。

「僕、まだ倉持くんに奢ってない」

「なんの話だっけ」

「前、肉まん奢ってもらっただろ。で、僕が絶対、今度は奢るって約束した」

たかだか百円ちょっとのことを、歩は必死で言い募る。

今から奢ると言い張る歩に連れられて、倉持はコンビニに向かった。

さすがに真夏に肉まんはない。アイスを奢ってもらうことになった。ソーダ味のアイスをぼたぼた垂らしながら公園で食べる。べとべとになった手を水道で洗った。

「で、話って何？」

倉持に続いて手を洗いながら、歩が少し焦れたように聞く。

「全国学生将棋選手権に一緒に出ない？」

倉持が単刀直入に言うと、歩はまた動きを止めた。蛇口から流れる水が勢いよく、歩の手を濡らして排水溝に吸い込まれていく。

「出たい」

倉持の説明を待たずに、歩は一言そう答えた。迷いのない、真っ直ぐな声だった。


倉持は結局、R大学への進学を決めた。4冠を獲得したこともあってか、推薦入試での合格は自分でも驚くほどスムーズに決まった。大学受験から解放されたことで生まれた潤沢な時間を使い、さらに精力的にアマチュアの大会に出場する。4冠を獲得してから、顔を指されたり、声をかけられることがぐっと増えた。

「優勝おめでとう」

社会人も参加するアマチュア大会を終え、優勝した倉持は、会場で大迫に声をかけられた。笑顔だが、口調は少し悔しそうだ。大迫もまたその大会に出場していたが、その成績は惜しくもベスト8だった。

「ありがとうございます」

「高校時代、負けなしなんやないの？」

「そんなことないですよ。身内戦でも何度か負けてますし。あと、切れ負けでも何度か」

「ああ、倉持くん、ゆったりしてるもんね」

「あと、2年生の時に、団体戦でも負けてます」

低い声でぼそっと言うと、大迫は大きな体に似合わぬ小さな目を瞬いた。

「2年の時のことなのに、言葉にめちゃくちゃ悔しさ滲んでるけど」

「そりゃあ悔しいですよ。ほんと昨日のことのように悔しいです、団体戦の負けは」

大迫はへえと呟いて、倉持をじろじろと見た。

「倉持くんてクールに見えて、意外に友情とか大切にしちゃう熱いタイプやね」

「そうですか？」

自分の性格を言葉に直されることに違和感を覚え、倉持は曖昧に否定する。大迫はそんな倉持の反応にかまわず、うんうんと頷いている。

「いや、そんな倉持くん率いるチームと対戦するの楽しみやわ」

3月の全国学生将棋選手権に、R大学も出場する。しかも、出場する2チームはどちらも実力派ぞろいで、優勝候補とされていた。

5人のメンバーを決めるのがやっとの高校将棋とのレベルの高さの違いをまざまざと感じ

させる、選手の層の厚さだった。

「R大学の強さはよく知ってますから。だからこそ、こっちも対局するのが楽しみですよ」

「何、勝つつもりなん？　ただの思い出づくりだと思ってたわ」

大迫のからかいに、瞬間的にかっと腹の底が熱くなった。冗談だと頭で分かっても、笑い顔を作れない。

大学進学を決め、R大学の人たちとの交流が増えてから、高校に行くたびに漠然とした遠さを感じるようになっていた。一緒に笑っていてもどこか遠い。自分がもう高校から一歩も二歩も外に踏み出してしまったことを否応なく自覚させられた。

しかし、今、大迫の軽い冗談に対して感じた怒りは、自分は岩北高校将棋部の一員であることを深く重く感じさせた。

「参加するからには、当然、優勝狙います」

倉持が真顔で答えると、大迫はまた思わず腹が立つような余裕綽々《よゆうしゃくしゃく》といった表情で「対戦、楽しみにしてるわ」と笑った。

大会などのスケジュールもあり、部室に顔を出すのが数週間ぶりになった。久しぶりの部室は少し余所余所しい感じがする。

あまり、交流のない1年生ならまだしも、ハルヒや祐介にまで少し距離を感じる。しかし、5分も一緒にいたら、彼らの遠慮のようなものはすっかり消えたのでほっとした。

倉持は全国学生将棋選手権に出るメンバーを集めた。夏の大会の後も、メンバーたちは勉強や進路の準備の合間を縫って、部室に顔を出していた。

歩は介護の専門学校に、祐介と梶は私立大学に、ハルヒは美容系の専門学校にそれぞれ進路を決めていた。歩とハルヒはともかく、祐介と梶は受験勉強に取り組まなければならない。部活に割ける時間は多くはなかった。

「やっぱり、大学生相手に善戦した、よかったねっていうんじゃダメだと思う。やるからには優勝を目指したいって思うんだけど」

倉持の言葉に歩もハルヒも異を唱えなかった。そんなことできるわけがないとは言わなかった。一番、そういうことを口走りそうな梶も、神妙な顔で頷いている。

ただ、ひとり祐介だけが慎重な姿勢を崩さなかった。

「もちろん、俺も優勝を目指してやるべきだと思うし、目指してるよ。でも、冷静な分析も必要だと思う。果たして、本当に優勝に手が届く実力なのか、俺らはってこと、ちゃんと直視しないと。だって、俺ら、この間の夏の大会で優勝できなかったんだよ。N高に勝てなかった俺らが、N高と同じか、もっと強いチームがごろごろいる大会で優勝できると思うか？」

「確かに、俺も何が足りなかったのかっていう分析はしないといけないと思ってた」

倉持がそう穏やかに受けると、祐介はほっとしたような顔をした。

「やる気がないとか、そういう風に取られるかと思った」

「俺はさ、一人ひとりあそこがダメだったとかいろいろ理由あると思うけどさ、結局、一番の敗因は倉持がいなかったことだと思うよ」

ハルヒの言葉に、祐介は「おい」と低い声でたしなめる。ハルヒは首をそっと横に振った。

「個人戦を選んだ倉持を責めてるわけじゃないよ。選ぶのはもちろん個人の自由だし、同じ部の仲間として、倉持が4冠達成できたことは本当に嬉しいと思ってる。それに倉持がいない分、俺らで頑張んないとって必死になれたのも確か。でもさ、やっぱり、倉持いないのって違うんだよね。もちろん、棋力的にいないと困るっていうのもそうなんだけど、チームとしてさ。倉持がいてこそチームって感じがすごくする」

あ、梶をディスってるわけじゃないから、とハルヒが慌てて付け加えると、梶は分かっていなかったようで、遅れてむっとし、遅れて納得した。

「チームってさ、やっぱり、棋力の高い順に3人とか5人をそろえればなんとかなるってもんじゃないんだよ。時間をかけてチームになっていくもんなんだと思う」

だから、これから3月まで忙しい中でも時間を見つけ、集まって練習をしようとハルヒは提案した。そうすれば、棋力も上がり、チーム力も上がるはずだ、と。

「それでどうかなあ、歩」

名指しでハルヒに尋ねられ、黙ってみんなの会話を聞いていた歩は「えっ」と驚いたような声を上げた。

「他のメンバーは団体戦で組んだことあるけど、歩だけないだろ。歩がチームの一員になるのが一番大事なことだし、大変なことだと思うから」

どうしたいと希望を尋ねられ、歩はしばらく迷った末に、口を開いた。

「そうだね。みんなでなるべく練習できたら、僕も嬉しい。みんなといることに慣れたいし」

「まだ、慣れてないのかよ」

梶のツッコミに、「そうだよ、悪い？」と歩が返す。「悪くない」というぶすっとした梶の答えに倉持たちは忍び笑いを漏らす。歩は確実に梶のあしらい方をマスターしつつある。

「じゃあ、歩、俺、週1回は出るから、その時一緒に部室で対局、検討しよう」

祐介の申し出に歩が頷く。

「それはいいかもな。同じ三段で実力拮抗《きっこう》してるし」

倉持の言葉に、祐介はぎょっとした顔をした。

「え、歩、三段だっけ？」

「そうだよ、ほら」

歩の代わりに倉持が答え、部室にある番付表を示す。そこには確かに、三段の祐介の名前に並んで、歩の名前がある。

「え、いつの間に？」

「……僕、全国行けなかったから、新しい目標が欲しいと思って。それで、先生に勧められて段位獲得戦に出たんだ」

「倉持知ってた？」

倉持は軽く頷く。

「うん。段位獲得戦に出たことは知らなかったけど、1回対局した時に、三段ぐらいはあるなあと思って、番付表見たらそうだったから、やっぱりなあって」

祐介はがっくりと肩を落とした。

「俺、自分がちょっと今嫌いかも」

「どうしたのさ」

ハルヒの問いかけに、今度は頭を抱える。

「俺、完全に歩に教えてあげるつもりだったわ。俺の方が強いって思い込んでた」

「思い込みって怖いよね。人生、かもしれない精神だよ」

ハルヒが祐介の肩を叩きながら、重々しく言う。

「猛烈に恥ずかしくなってきた。自分の思い込みも恥ずかしいし、歩が三段まで駆け上がったっていうのに、三段で足踏みし続けてる自分も恥ずかしい。はあ……いや、ごめん、歩。改めて、一緒にやってくれる？」

「うん、よろしく」

祐介の言葉に、歩は柔らかく笑って、頷いた。


倉持は忙しいスケジュールの合間を縫って、部室で歩たちと落ち合い、試合に向けた練習を重ねた。

基礎的な力を上げるだけでなく、相手を研究し、具体的な対策を練った。

全国学生将棋選手権は1試合ごとに、大将、副将、中堅、次鋒《じほう》、先鋒を誰にするかというオーダーを出す。全員が強いチームであれば、強い順に大将から並べればいいのだけれど、そうでない場合は、誰をどこに持ってきて、3勝をあげるかが重要となる。また、勝ち点が同じチーム同士であれば、メンバーの勝ち数が勝る方が上位になるため、単に3勝をあげればいいというわけでもない。

相手の性格や傾向からオーダーを予測し、実力の差や戦法の相性なども考えて、いかに戦えるオーダーをするかというのが重要だった。

その大事なオーダーを、先生は倉持にやってみないかと持ちかけた。倉持は二つ返事で承諾した。相手の心理を読み、一番効果的な手を指す。負けない策を立てる。将棋の勝負と似ているけれど、仲間全員に影響するという点で、その決断には重い責任が伴う。しかし、面白いと思った。それぞれが実際にどんなパフォーマンスを見せるかは分からない。そうした自分の意思が届かない、不確定要素も踏まえた上で策を練るというのは、興味深いと思った。

幸い倉持はアマチュアの大会などを通じ、多くの大学生選手を知っている。対策を立てるためのデータは豊富に持っていた。

倉持は対戦する相手を想定し、メンバーの得意を磨き、弱点を克服していった。

この大会の上位に来る選手たちは皆、相手や状況によって戦法を自在に変えてくる。それだけの知識も実力もある。しかし、やはり苦手というものはあり、そこを突けば勝つ確率が上がるのは道理だ。

倉持は歩に対しては、**歩**の活用法を徹底的に伝えた。駒を取られることが気になって攻めあぐねるという場面が少なくない歩にとって、取られてもそこまでリスクにならない**歩**をうまく活用できることはプラスになると考えたからだ。

「もしかして、先生に何か聞いた？」

歩にまつわる戦法を倉持に教わりながら、歩は少し複雑そうな顔で聞いた。

「なんのこと？」

歩は少し躊躇って、自分の名前が嫌いだったということを打ち明けた。

「おじいちゃんが、お前はいつか**歩**から**金**になるって、いっつも言っててさ。それがすごいプレッシャーだったんだ。だから、もしかして、倉持くん、僕が**歩**を好きになるように考えてくれたのかなって。改めて口に出してみると、ものすごい自意識過剰なこと言ってるね、僕」

歩は耳まで顔を赤くしている。

「いや、特に先生から何か聞いてたわけじゃないけど……でも、嫌いだったってことは、今は嫌いじゃないいんだよね」

倉持の言葉に、歩は自分自身に確かめるような一瞬の間の後、笑顔でしっかりと頷いた。

歩を活用した戦法を知り、自分の中で消化していったことで、歩の将棋はより細やかに、そして大胆になった。

倉持相手にはさすがに勝つことはできないが、他のメンバーには勝つことも増えた。

歩の頑張りに他のメンバーも奮起した。それぞれに研究を積み、実戦を重ね、実力を磨いた。中でも祐介は受験勉強の最中であるにもかかわらず、四段の段位獲得戦に挑み、ついに念願の四段を獲得した。

3月の終わり。倉持は全国学生将棋選手権に出場するべく、大阪に向かっていた。アマチュアの大会に出場する予定があったため、当日に現地入りするしかなかったのだ。

他のメンバーは万全の態勢で大会に臨めるよう、いつも通り先生と共に、前日に会場近くの宿で一泊している。

会場となる大学の入り口には、倉持より一足先に、メンバーたちの姿があった。卒業式で皆と顔を合わせてからまだ数週間しか経っていないのに、既に高校時代が遠く感じる。制服ではなくお互い私服であることがなんだか気恥ずかしかった。

「倉持、ちょっとどうしたの」

ハルヒが倉持の姿を見るなり、開口一番に言う。

「どうしたって?」

「オシャレパーマかけてるし！　眼鏡かけてないし！　もしかして、コンタクトにしたの?」

「そうだけど。オシャレパーマって言い方ダサくね？」

「倉持がさりげなくツッコんだ！　えー、変わった！　倉持変わったよ！」

「……ハルヒは変わらないな」

少し脱力しながら言う。あれだけ準備してきた大会を前にして、なんという緊張感のなさだとも思うが、これでこそ自分たちだという気もする。

会場となる大きな部屋には、既に多くの選手の姿があった。その多くは大学生だが、ごく少数ながら小中学生らしい姿もある。

「よお」

振り返ると、よく見知った長身の姿があった。

「ああ、大迫さん」

「久しぶり、って3日前にも大会で会ってるか。あ、後ろにいるのが、岩北高校のチーム？　こんにちは、倉持くんから噂はかねがね。今日は対戦できるのを楽しみにしてます」

大迫は余裕たっぷりの笑みを浮かべる。祐介は当たり障りのない表情で応じているが、ハルヒの表情は硬かった。今日、R大学とあたるには、予選を勝ち抜き、決勝に進まなければならない。大迫の言葉が挑発的に感じたのかと思いきや、ハルヒの引っかかっているポイントは全然違うところにあった。

「今の人の言い方さ、なんか、『うちの倉持がいつもお世話になってます』みたいな感じじゃなかった？　まだ、倉持はうちの倉持なのに」

「うちの倉持ってなんだよ」

倉持は苦笑したが、ほんの少しだけハルヒの気持ちも分かる気がした。

1回戦の相手は中学生だった。しかし、若くても強い者は恐ろしく強いのが将棋というものだ。中学生とはいえ、油断しないで挑もうと念を押し合う。

向かい合った中学生たちは随分と小柄に感じる。しかし、有名進学校に通うだけあって、頭もいいのだろう、皆、年齢にそぐわぬ老成した雰囲気を漂わせていた。

歩の手元には名人からもらった扇子が、倉持、祐介、ハルヒの手には、梶からもらった扇子がある。別に示し合わせたわけではない。皆自分の判断で持ってきたのだ。自分で渡しておきながら、梶本人だけ持ってきておらず、倉持たちはそのあまりにも梶らしい空気の外し方に思わず少し和まされた。

しかし、梶は気にした様子で、少し落ち込んでいる。

「梶、気にすんなよ。試合に勝って、汚名挽回すればいいよ」

「いや、汚名は挽回するもんじゃなくて、返上するもんだから」

ハルヒと梶のやり取りに、向かい合う中学生たちがくすくす笑っている。

笑われたことで奮起したのか、1回戦で最初に白星を挙げたのはハルヒだった。その後も次々と勝利を収め、岩北高校は1回戦を5－0と快勝した。

その勢いのまま、意気揚々と挑んだ第2戦。岩北高校はO大学相手に、2－3で負けてしまう。O大学は予選で戦う5校の中では比較的勝てる確率が高いと読んでいただけに、この敗北は痛かった。

決勝に進出するためには、上位4組に入らなくてはならない。ライバルとなる強豪校の多くは予選の5試合を全勝するのが予想された。つまり、既に一勝を落とした倉持たちは残る3戦、ただ勝利するだけではなく、5－0とひとつも落とすことなく勝てなければ、目算上、決勝進出は不可能ということになる。

「もう、ダメだ。残り3戦全て5－0はさすがに奇跡でも起こらない限り無理だ。せめて、確実に3勝できるようなオーダーで、チームとしてひとつでも多く勝利した方がいい。『明日の百より今日の五十』だ」

先生の冷静な分析は、正しいからこそ、受け入れがたかった。奇跡が起こらない限り無理だと言うのであれば、奇跡を起こそうと思った。

倉持はメンバーを集め、円陣を組み、頭を突き合わせた。

「これから先は一勝も落とせないんで」

倉持の真っ直ぐな視線に、皆、無言で深く頷く。

「次のC大は王者のオーダーで行きます。俺を一番上に置いて、あとは全部取るしかない」

C大も強豪であり、決勝進出を狙っている。彼らもまた3勝による勝利ではなく、全勝を狙っているはずだと倉持は読んだ。当て馬をひとつも作らないつもりだとすれば、大将から順に強い選手を並べる可能性は高い。それに勝つためには、岩北高校も基本的に強い順にオーダーしていくしかない。しかし、それだけでは、実力が上のチームには勝てない。倉持はC大の選手を思い浮かべながら、強さが近く、相性的に有利な組み合わせになるように微調整した。

「このオーダーが的中すれば、勝負は必ず五分五分に持ち込める。あとは全力で戦って勝つだけだ」

なんだか体が熱かった。声となる息まで熱くなっている。

「これからの相手、どんどん強くなるけど、総力戦なら勝てないことはないと俺は思う」

「そうだな。うん、そうだな」

祐介が自分に言い聞かせるように、繰り返す。

静かな、だが、確かに熱を帯びた声で倉持たちは互いを励まし合った。

次の試合までまだ少し間があった。気づくと歩の姿がない。

思い返してみれば、彼は一人口数が少なかったような気もする。倉持は歩の姿を捜した。歩は会場外の通路にぼんやりとした表情で立っていた。近づく倉持の姿に気がつくと、慌てた様子で、「もう時間？」と尋ねる。

「まだ、もう少し大丈夫」

倉持は歩の横で壁にもたれる。しばらく、互いに無言だった。

「ごめん……心配になるよね。みんなから離れて一人になったりして」

歩がぽつんと言った。

「みんな、すごいやる気になってるし、一人変な顔して、みんなのテンション下げたくなかったんだ。だから、一人で気合入れ直そうと思ってさ……でも、手の震えが止まらない。ずっと止まらないんだ」

固く握られた歩の手は細かく震え続けていた。

「ごめん……自分から出るって言ったのに……ごめん」

倉持は無言でその場を離れ、自動販売機でペットボトルの清涼飲料水を2本買うと、歩のもとに戻った。

「ほい、あげる」

歩がぼんやりと受け取る。倉持は自分の分を喉を鳴らして飲んだ。熱くなっていた体に、冷たさが心地いい。

　歩もそっと口をつけた。

「前さ、歩って名前、嫌いだったって言ってたよね。プレッシャーだったって。それ聞いた時に、なんか似てるなあと思ったんだよね」

「……何に？」

「俺に」

「全然似てないよ！」

　歩の声に周囲の人の視線が集まる。歩は口を手で覆って、首をすくめた。

「……似てないよ」

　小声でもう一度繰り返す。倉持は首をかしげた。

「だって、俺も周囲の期待がしんどいなあって思ってたもん。自信もなかったし」

「自信がないなんて……」

「俺もね、自信がある方だと思ってたんだよ。でも、自信なかったんだと思う。だから、人に期待されるのが嫌だった。期待裏切るんじゃないかって、がっかりさせるんじゃないかって」

　歩は初めて見るような目で倉持を見た。

「俺は歩に期待してる。だから、チームに誘ったんだし、歩には期待に応える力があることも俺は知ってる……行こう」

　倉持が壁から身を起こす。歩も素直に応じた。

「歩の次の相手は、積極的な攻めには定評があるんだけど、終盤が少し大雑把なんだよね。細かい寄せが苦手だから、歩の丁寧さがあれば勝てるよ」

　歩は大きく頷く。青白い顔からは、彼が少し落ち着きを取り戻したのかどうか、図ることができない。

「倉持くん」

　歩が悲痛な声で呼びかけるので、倉持は思わず身構える。

「あの……今度また、絶対いつか奢るからね」

　一瞬、呆気にとられて、次の瞬間、倉持は噴き出す。歩のことだから、きっとずっとこの約束を忘れず、果たすのだろうと思うと、おかしくも、じんわりあたたかい気持ちになった。

　第3回戦が始まった。まず、倉持が一勝を挙げ、祐介、梶が続く。岩北高校の勝利は確定した。しかし、決勝に進むためには3勝では意味がない。

　倉持たちはじっと歩とハルヒの対局を見守る。

　終盤に入った歩は落ち着いている。**飛車**で王手をかけられた歩はお手本のような連打の**歩**

で先手を取り、逆に王手をかける。

「参りました」

相手が投了し、4勝目。続く、ハルヒは相手の時間切れで勝利となった。

「よっしゃ」

小声で喜びを分かち合う。

「よし、全部取った。あと2試合、この調子でいこう」

「頑張ろう、みんな」

いけるかもしれない。強豪を5－0で下したことで生まれた想い。それがチームを活気づけ、勢いづかせていた。

続く、第4戦。倉持は既に2敗し、決勝進出が難しくなったH大は勝ち数よりも、チームとしての勝ちを確実に狙ってくると読んだ。中堅、次鋒、先鋒に倉持、祐介、梶と堅いメンバーを置くという倉持のオーダーは見事に的中した。どの組み合わせも明らかに敵《かな》わないような実力差はない。

また、それぞれが磨き上げた戦法が相手の苦手にハマり、岩北高校は4戦目も相手から5勝をもぎ取った。

相手のチームから離れたところで、抑えきれずに小さなガッツポーズが出る。

「熱い。熱いぞ、これは」

ふつふつと血がたぎっていた。いける。これはいける。直感する。いや、確信する。

歩と目が合う。呼吸が浅い。アドレナリンが出ているのだろう、瞳孔《どうこう》が開き、目がらんらんと輝いて見える。自分も同じような目をしているのだろうと思った。

「あと、一勝」

歩が大きく頷いた。

4戦を終えた時点で、岩北高校は6位。決勝進出となる4位に食い込むためには、次のK大にストレート勝ちしなければならない。

K大は自分たちの強さをよく知っている。だからこそ、格下の高校生相手にオーダーをいじることはしないだろうと倉持は読む。強い順にそしてまた自分の中のデータをもとに相性を考慮し、最良と思われるオーダーを導き出す。

向かい合ったK大のメンバーの並びを見て、倉持は心の中で小さなガッツポーズを取る。その並びは彼が予想したとおりのものだった。あとは、メンバー一人ひとりが実力を、いや実力以上の力を発揮するだけだ。

「よし、しばきがいがあるな」

K大の大将がにやにやと倉持を見る。大会で何度か顔を合わせたことのある人物だった。

明らかに自分たちのチームの勝利を確信している様子に、倉持はまた少し自分の体温が上がったのを感じる。

「お手柔らかに」

倉持はあくまで穏やかな口調で応じた。

対局が始まった。

お互い居飛車で指し始める。相手は居玉こそ避けたものの、**玉**を囲うこともせず、積極的に陣を進めていく。しかし、統率が取れていないため、受けるのは難しくはない。倉持は攻撃に応じつつ、**玉**を深く囲う。

囲いが完成してしまえば、相手の無謀な特攻はそうそう届かない。攻撃を受ける中で労せず手に入れた**歩**や**金**を使って、裸同然の**玉**を追いつめていくだけだ。

それでも相手はなんとか先に詰ませようと、受けることもなくひたすら倉持の**玉**を目指して強引に駒を進める。

しかし、囲いを突破されるより、一手早く詰めをかけることができる。そう正確に読み切った倉持は決して焦ることなく、丁寧に追いつめていく。

持ち時間を互いに大きく残した状態で、相手が投了した。

まず、一勝。

頭を下げながら、倉持の気持ちはもう他のメンバーの勝負に移っている。

どの勝負も一目では形勢が判断できない接戦だった。K大のメンバーの顔からは、当初の余裕は消えている。盤面を食い入るように見る目、何かが割れるような大きな駒音、1秒でも多く残そうと対局時計を押す手の残像が見えそうなほどの速さ。勝利を掴み取ろうとする岩北高校のメンバーたちの様子には鬼気迫るものがあった。

「負けました」

「参りました」

ハルヒと梶の相手が立て続けに投了する。

これで、3勝。岩北高校の勝利は確定したが、倉持の手はまだ祈るように強く握られている。

あと2勝。

「……負けました」

相手の声に、祐介が頭を下げ、ふうっと長い息を吐く。

あと1勝。

倉持、ハルヒ、祐介、梶の視線が、歩の対局に集まる。

対局はもう終盤だった。わずかながら、歩が優勢な局面。冷静な状態で指していけば、相手の方を先に詰ませることができただろう。しかし、もう両者ともに残り時間1分を切っている。最善手を考える余裕などなく、ほとんど本能と直感による、激しい指し合いが続く。

震える手で駒を放るように置き、ほぼ同時に対局時計を叩いて止める。かろうじてマスに収まっている状態の駒。一手ごとに盤面はぐちゃぐちゃに乱れていく。

幸い歩の囲いは堅い。しかし、相手の**玉**までも遠い。

勝敗を握っているのは、もはや、時間だった。

時間は刻々と減っていく。

ビーッという音と共に、時計は無情にもゼロという数字を示す。

「……負けました」

ため息のような声と共に頭を下げたのは、相手の方だった。

また、反射的にガッツポーズを取りそうになったが、ぐっとこらえる。

代わりに、「っしゃあ」と小さな声が漏れた。

「……あ……あぶなかった……」

歩は息も絶え絶えな様子で、ぐったりとしている。しかし、口元には何とも嬉しそうな微笑が浮かんでいた。

当初は絶望的だと思われていた、予選突破。しかし、結果的に、5戦のうち、実に4戦で

5－0のストレート勝ちという好成績を収めることになった岩北高校は、予選3位でプレーオフ進出を決めた。

「まさか、本当に5－0で勝ち抜けるとは」

メンバーひとりひとりの顔をまだどこか信じられないような表情で眺めながら、先生が言う。

「奇跡が起きたとしか言いようがないな」

「起きたんじゃないですよ。起こしたんです」

「確かにそうだ。先生が、間違えた、全面的に認める」

ハルヒの言葉に、先生は神妙な顔で両手を上げ、降参の意を示す。

皆と一緒に声を上げて笑いながら、倉持は奇跡か、と思った。奇跡を起こす必要条件は一体なんだったんだろう、と。

準決勝の相手は大迫率いるR大だった。優勝候補の筆頭であるこのチームに、倉持たちは善戦したものの、2－3と惜敗した。

結果はベスト4。目標としていた優勝にこそ手は届かなかったけれど、高校勢として唯一ベスト4に食い込むことができたのは快挙と言えた。

大会を終え、会場を出ると、外はもう暗かった。駅までの道を並んで歩く。

体は疲れているはずだが、高揚感からか、まったく疲労を感じない。皆、足取りは軽かった。

倉持はこのまま、京都に向かい、大学生活に備えることになっていた。他の皆も岩手に戻って、すぐさま次の生活に向け、動き出すのだろう。同じチームでいられるのも、駅までだと思うと、足取りは自然とゆっくりしたものになった。

「先生、前に、負けた時、悔しさはあっても、しょうがないと思えるように、できることは全部したいって言ってましたよね」

倉持の言葉に、先生が頷く。

「あれ、今日、分かった気がします。優勝できなくて、ものすごく悔しいけど、後悔はしていないから」

「やっとか」

「なんとか、最後の最後に間に合いました」

倉持と先生はまるで共犯者のように笑みを交わし合う。

先生がハルヒたちの列に加わると、入れ替わるように歩が倉持の横に並んだ。

「今日はありがとう」

「何が？」

「自分がチームの足を引っ張るんじゃないかって怖くて、怖くて。でも、倉持が期待してるって、そう言ってくれて、力が出せた……気がする」

「俺の言葉がどれだけ関係してたかは分かんないけどさ……でも、歩も含めてみんな、ものすっごい冴えてたよな。すごい勢いがあった。1対1×5じゃ勝てない相手でも、5対5だから勝てそうな雰囲気だったっていうか」

「うん、ほんとに。優勝、できるんじゃないかって本気で思った」

少し前を行くハルヒたちがどっと笑い声を上げた。まるで酔っぱらってでもいるように、その足取りはふわふわとしている。

「梶、ちゃんと新幹線の切符持ってるか」

「祐介、相変わらずのオカンだね」

「……コンビニ寄りたいんだけど」

「梶、まずは質問に答えなよ」

いつもと変わらぬやり取りを繰り広げる仲間たちの姿を一歩下がって眺める。

奇跡だと思った。大学生相手に不可能と思われた逆転劇を成し遂げたことだけでなく。今日ここにいることも、この5人でチームになったことも。全てが、奇跡だと思った。

「倉持、何ボーっとしてんだよ。車にひかれるぞ」

祐介が手招きしている。皆立ち止まって倉持を待っている。隣にいたはずの歩も皆と一緒にこっちを見ている。

あまりに感傷的になっていた自分が不意に気恥ずかしくなり、慌てて小走りに駆け寄る。

駅はもうすぐそこだった。

監修　藤原隆史（岩手高等学校　囲碁将棋部監督）
取材協力　佐藤圭一（岩手高等学校　囲碁将棋部コーチ）
協力　株式会社スローハンド
株式会社フジテレビジョン　ザ・ノンフィクション
「偏差値じゃない。～奇跡の高校将棋部～」制作スタッフ

この作品は書き下ろしです。原稿枚数363枚（400字詰め）。

将棋《しょうぎ》ボーイズ

小山田桐子《おやまだきりこ》

平成26年4月10日　初版発行
平成26年7月25日　4版発行

発行人——石原正康
編集人——永島賞二
発行所——株式会社幻冬舎
〒151-0051東京都渋谷区千駄ヶ谷4-9-7
電話　03(5411)6222(営業)
　　　03(5411)6211(編集)
振替00120-8-767643
印刷・製本—図書印刷株式会社
装丁者——高橋雅之

幻冬舎文庫

ISBN978-4-344-42178-3　C0193　お-42-1

幻冬舎ホームページアドレス　http://www.gentosha.co.jp/
この本に関するご意見・ご感想をメールでお寄せいただく場合は、
comment@gentosha.co.jpまで。